요시모토 바나나
よしもとばなな

요시모토 바나나는 1987년 데뷔한 이래 '가이엔 신인 문학상', '이즈미 교카상', '야마모토 슈고로상', '카프리상' 등의 여러 문학상을 수상하면서 일본 현대 문학의 대표적인 작가로 꼽히고 있다. 특히 1988년에 출간된 『키친』은 지금까지 200만 부가 넘게 판매되었으며, 미국, 독일, 프랑스, 이탈리아, 스페인 등 전 세계 30여 개국에서 번역되어 바나나에게 세계적인 명성을 안겨 주었다. 열대 지방에서만 피는 붉은 바나나 꽃을 좋아하여 '바나나'라는 성별 불명, 국적 불명의 필명을 생각해 냈다고 하는 그는 일본뿐 아니라 전 세계에 수많은 열성적인 팬들을 두고 있다. "우리 삶에 조금이라도 구원이 되어 준다면, 그것이 바로 가장 좋은 문학"이라는 요시모토 바나나의 작품은, 이 시대를 함께 살아왔고 또 살아간다는 동질감만 있으면 누구라도 쉽게 빠져들 수 있기 때문이다. 국내에는 『키친』, 『하치의 마지막 연인』, 『암리타』, 『하드보일드 하드럭』, 『아르헨티나 할머니』, 『데이지의 인생』, 『그녀에 대하여』, 『안녕 시모키타자와』, 『막다른 골목의 추억』, 『사우스포인트의 연인』, 『도토리 자매』, 『스위트 히어애프터』, 『N.P.』, 『어른이 된다는 것』, 『바다의 뚜껑』, 『매일이, 여행』, 『서커스 나이트』 등이 출간, 소개되었다.

주 주

주주

요시모토 바나나 • 김난주 옮김

민음사

차례

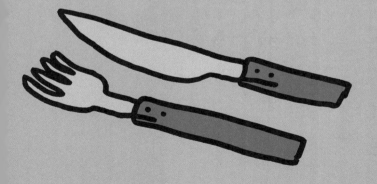

어떻게든 될 거야

작사 마치다 고우

어떻게든 어떻게든 되겠지
어떻게든 어떻게든 되겠지
어떻게든 어떻게든 되겠지
어떻게든 되겠지

언젠가는 어떻게든 되겠지
언젠가는 어떻게든 되겠지
언젠가는 어떻게든 되겠지
언젠가는 어떻게든

너는 어떻게도 되지 않아
너는 평생 지금 그대로
너는 어떻게도 되지 않아
어떻게도 되지 않아

나를 어떻게든 해 줘
나를 어떻게든 해 줘
나를 어떻게든 해 줘
나를 어떻게든

나는 샌들을 신고
나는 밥집 앞에서
나는 구름을 바라보았지
언제까지나 언제까지나

신은 정의를 이루겠지
언젠가는 정의를 이루겠지
세상은 빛에 싸여
사람들이 뛰어다녔다
사람들이 사람들이

하늘에서는 새가 울고 있고
바다에서는 고등어가 울고 있어
어떻게든 잘 되겠지
어떻게든 어떻게든

주주

어떻게든 어떻게든
어떻게든 어떻게든
어떻게든 어떻게든
어떻게든 되겠지

어떻게든 어떻게든
어떻게든 어떻게든
어떻게든 어떻게든
어떻게든 되겠지
어떻게든 되겠지

잠이 안 오는 밤에는 늘 머리맡에 놓여 있는 『지옥의 살라미 짱』이라는 만화를 읽었다.

몇 권이나 너덜너덜해져, 벌써 삼 대째쯤 된다.

처음에 읽은 것은 엄마의 단행본이었다. 지금은 제단의 엄마 영정 앞에 소중하게 간직하고 있다. 유난히 지쳤을 때만, 살며시 손에 들어 엄마를 추억하고, 충전하듯 가만히 볼을 갖다 댄다. 엄마의 냄새가 나는 것 같고, 엄마의 손을 만진 듯한 기분이 들기 때문이다.

팔다리가 긴 살라미. 모델 일을 하면서 스테이크 가게

에서 일하는, 눈에 띄기 좋아하는 살라미.

엄마는 옛날에 모델 아르바이트를 하다가 아빠와 사랑에 빠져 스테이크 가게로 시집을 왔기 때문에, 그 만화에서 운명을 느꼈다고 했다.

엄마는 싫증도 나지 않는지, 언제나 살라미 책을 부적처럼 가까이 두고 읽었다. 여행을 갈 때도 꼭 가져가, 머리맡에 두었다.

자기 전에 읽으면 왠지 마음이 차분하게 가라앉고, 내일도 가게에 나가 일하자는 기분이 들거든, 하면서. 엄마는 가끔 눈물을 글썽이고는, 눈가를 살짝 닦았다. 그 명랑한 만화를 읽고서? 옛날에는 그런 생각이 들었지만, 요즘은 엄마의 기분을 이해한다.

엄마, '스테이크 주주'의 점장이자 살라미의 친구 퐁코의 돌아가신 부모님이 딱 하루 만나러 오는 장면에서 우는 거지?

그리고 살라미가 양상추의 영혼과 얘기하고, 다음에는 고양이로 태어날 거라고 하는 장면? 음, 또 살라미가 오래전에 헤어진 엄마를 찾았기 때문에, 이제 가게로는 돌아오지 않을 거라고 생각하면서 퐁코가 우는 장면.

그리고 멋쟁이 빌리가, 살라미가 거짓말을 하거나 일을 적당히 했을 때만 살라미에게 화를 내는 장면도 진짜 감동이지.

내가 어렸을 때부터 우리 엄마 곁에 함께였던 살라미가 울고 웃고, 열이 끓고, 근육통으로 아파하는 모습을, 엄마처럼 보고 있기만 해도 마음이 차분해진다. 살라미가 사는 가공의 동네, 지옥과 이 세상이 애틋하게 이어진 그 세계는 나와 엄마만의 자장가 같은 것이다. 내 안에 있는 살라미의 공간도 어느 틈에 커졌다. 늘 엄마의 손 너머로, 웃는 살라미의 귀여운 얼굴과 만났기 때문이다.

어쩌다 이렇게 멀리까지 왔을까. 어느 틈에 부모가 죽고, 이런 나이가 되다니. 믿기지 않는다.

엄마가 돌아가신 후로 눈물에 젖어 붕 떠 있던 나의 불안정한 발이 지금은 살라미를 보면 지면에 쓱 내려오면서 기분이 푸근해진다.

고마워, 살라미.

그렇게 생각하면서, 나는 무의식의 바다 속에 잠긴다.

그런 때는 행복하지도 불행하지도 않다, 그저 해파리처럼 떠 있을 뿐이다.

그곳에는 살라미와 나와 천국에 있는 엄마와, 그리고 지금 같이 사는 현실 세계의 사랑하는 사람들이 모두 섞여 있다.

그것은 내게 명상이다. 그곳에 접속하면 힘이 소리 없이 돌아온다.

살라미를 그린 아사쿠라 세카이이치 씨는 후기에 이런 말을 썼다.

'살라미는 성격이 참 나쁘다고 생각되는 때가 있습니다. 자기 멋대로인 데다 주위에 폐만 끼치고. 하지만 그건 살라미 자신도 잘 알고 있어요.(아마도) 눈앞에 벽이 있으면, 부수죠. 부수려면 자신도 아플 테죠. 그런데도 멈추지 못합니다. 그걸 멈추면서까지 살고 싶지 않은 것이죠. 작가로서, 그런 점이 매력적이라고 생각합니다.'

직접 얘기 나눈 적은 없지만, 알아 엄마. 나도 그 후기 읽으면서 울었으니까. 똑같네.

가끔 밤하늘을 올려다보면서, 거기 있을 천국을 향해 얘기한다.

그러네, 하고 엄마는 살아 있을 때처럼 기다란 목을 갸우뚱하고 말하리라. 말로 하지 않아도, 적당한 거리에서 함께 살고 일하는 가운데, 몸과 영혼이 제멋대로 얘기를 나눈다.

마음이 넓어지는 것을 알 수 있다. 우주 쪽으로, 별이 있는 저 먼 위쪽으로.

들이쉰 공기의 양만큼 마음은 저 멀리 갔다가, 내쉰 만큼 다시 돌아온다.

엄마와 내가 살라미를 좋아해서, 아빠는 십 년 전에 스테이크 하우스를 리모델링할 때, 가게 이름을 '주주'라고 바꿨다.

그 전에는 '텍사스'라는 스테이크 하우스다운 이름이었다. 엄마가 살라미에 푹 빠져서 아사쿠라 세카이이치 씨 개인전에 갔다가 사인까지 받아온 걸 보고서, 아빠는 그렇게 좋아하는데 이왕이면 그와 관련된 이름으로 할까? 하고 말했다.

이 만화가 조금 더 옛날에 나왔다면, 내 이름은 틀림없이 살라미가 되었을 것이라고 생각한다. 간발의 차로 미쓰코가 되었다.

그렇게 귀여운 사람이었던 우리 엄마는 육 년 전, 가게에서 심장 발작을 일으켜 쓰러지고는 그대로 돌아가셨다.

엄마는 병원에서 지내던 생의 마지막에 "이런 날이 올 줄은 꿈에도 몰랐네. 조금 더 일하고 싶었는데. 그래도 가게에서 쓰러져 얼마나 기쁜지 몰라." 하고 꿈을 꾸는 표정으로 말했다. 멋을 잘 부리고 명랑하고 깨끗한 것을 좋아하고, 뭐가 되었든 반듯하게 정리되지 않으면 성이 차지 않는 엄마는, 자신의 인생도 그렇게 반듯하게 정리하고는 사라졌다.

물론 인생은 만화가 아니고, 엄마는 육체가 있는 인간이다. 죽은 엄마의 엉덩이를 닦고 화장을 하고,(엄마의 가방 안에 있던 파운데이션의 약간 더러워진 퍼프가 너무도 생생해서, 나도 모르게 죽은 엄마를 부둥켜안았다.) 물론 죽었지만 아직도 따끈하게 체온이 남아 있는 몸을 움직여 옷을 갈아입혔다. 그런데 어째서일까, 관 속의 엄마는 죽은 척하면서 히죽거리는 살라미처럼만 보였다.

귀여운 유성 하나가 반짝 빛나고는 하늘로 사라진 것처럼, 더없이 깔끔한 죽음이었다.

스테이크와 햄버그 가게.

주주

흐르는 음악은 컨트리 앤드 웨스턴. 통나무집 같은 인테리어에, 철판에 담겨 나오는 스테이크와 햄버그는 주주 소리를 내며 지글거린다. 커피는 엷게, 그리고 반드시 머그컵을 사용한다.

그런 가게 분위기는 70년대의, 그러니까 우리 부모님이 청춘을 보냈던 시절의 꿈이었다. 일본이 희망에 불타올랐던 시절의 냄새를 고스란히 가두어 놓은 듯한.

체인점이 보편화된 지금 그 이미지는 당연히 희미해졌고, 그런 가게는 미국에도 좀처럼 없다는 것을 누구나 알고 있다. 그러나 그 시절 꿈의 박력만큼은 지금도 일본 여기저기에 조촐하게 남아 이어지고 있다.

아빠와 엄마는, 아빠 부모님 소유였던 이 조그만 땅에서 한껏 그 꿈에 부풀어 주주를 시작했다. 늘 손님이 줄지어, 무거운 고기와 철판을 다루다 생긴 아빠의 건초염이 나을 날이 없을 정도였다. 내가 태어나고, 가게는 또 시대의 파도를 이겨 내면서 계속되었다.

그런데 엄마가 돌아가시자, 아빠는 완전히 꺾이고 말았다. 아빠에게서 뭔가가 빠져 나간 것 같았다.

아빠는 여전히 가게에 나와 똑같이 스테이크와 햄버

그를 굽고 있고 그 맛도 변함없지만, 가게에는 전에 있던 강한 심지 같은 것이 없어졌다.

그리고 아무리 열심히 청소를 해도, 나는 엄마만큼 가게를 청결하게 유지하지 못한다.

가게가 잘 돌아가지 않는 것을 보고서, 훗날 가게를 물려받기로 하고 요리 전문학교에 다니던 먼 친척 신이치가 일찌감치 가게 일을 돕게 되었다.

삼 대째 내려오는 주주는 그렇게 어수선한 상태에서 시작되었다.

애써 요리 학교까지 다니며 공부를 했으니 자기 색깔을 좀 더 내보라고 아빠는 말했지만, 신이치는 할아버지에서 아빠로 이어진 맛과 메뉴를 절대 바꾸지 않았다.

마치 복사한 것처럼 완전히 똑같은 레시피와 맛을 고집하고 있다. 원래 화학 실험을 좋아해서 이공계를 지망했던 그, 등산이 취미이고 뚜벅뚜벅 걷는 것을 좋아하는 그래서 그런지, 그 고집은 상당한 성공을 거두었다. 덕분에 나는 무척이나 안도하고 있다.

주주의 스테이크와 햄버그에는 마력이 있다. 바꿔서는 안 된다. 신이치는 그 점을 아주 잘 이해하고 있다. 재현

하는 것이 그의 자랑일 것이라고 생각한다. 전혀 자신을 반영하지 않는다는 것에 그는 자긍심을 느끼고 있다.

스테이크도 양파 소스를 곁들인 것 딱 하나뿐이다. 꼼꼼하게 두드려 편 질 좋은 등심 스테이크가 완벽한 상태로 구워져 철판에 담겨 나온다.

그리고 할아버지가 아빠에게 전수한 레시피의 햄버그는 너무 비싸지도 너무 싸지도 않은 고기의 여러 부위를 적절하게 섞어 만든다. 돼지고기는 넣지 않고, 수입 고기도 사용하지 않는다. 포슬포슬한 빵가루와 계란만 넣어 반죽한다. 기계에 고기를 넣으면 다져진 고기가 밑에서 국숫발처럼 나온다. 빚다가 고기가 동그랗게 부풀었다 싶으면 멈춘다. 아빠는 그 분홍색 색감까지 찬찬히 들여다본다. 정말 장인이라고 생각한다. 그 작업을 하는 그는 익숙한 일을 건들건들 하고 있는 것 같지만, 봐야 할 것은 빈틈없이 보고 있다. 조금이라도 위화감이 느껴지면 조합을 달리한다. 멀거니 보고 있는데, 동시에 핵심을 보고 있다. 그런 눈빛이다. 무예에 통달한 사람처럼 동작이 유연하다.

고기의 색감을 보는 냉정한 눈초리는 마치 의사 같다,

하고 나는 늘 생각했다.

　다져진 고기는 소금과 스파이스를 뿌려 잠시 재워 둔다. 옛날에는 할아버지와 아빠가, 지금은 아빠와 신이치가 커다란 손바닥으로 동글동글 빚어서 한가운데 살짝 구멍을 내서 공기를 빼고, 시간을 들여 차분하게 구워 낸다.

　소스는 가벼운 데미그라스 소스. 당근 글라세와 버터에 볶은 껍질콩을 곁들이면 끝.

　몇 번을 먹어도 물리지 않는다.

　기분이 아무리 좋지 않을 때도, 몇 번이나 먹어서 맛을 예상할 수 있을 때도, 한입 먹고 나면 어라? 하고 생각한다. 맛있는데, 왜지? 음, 기분 좋은데. 마법에 걸린 것처럼 그런 기분이 든다.

　엄마가 돌아가셔 혼란스러웠던 시기에, 주주의 런치 타임을 없앴다.

　신이치가 온 다음에도 런치 타임을 다시 시작하지 않았다. 아빠가 늘 울적하고 의욕이 없어, 아침에 일어나지 못했기 때문이다. 아빠, 일 시작해야지, 하고 깨워야 하는 상황이었다.

그래서 내게 갑자기 자유로운 시간이 생겼다.

지금까지 살아온 인생, 거의 가게에만 있었기 때문에 신선했다.

나는 가게와 한 몸으로 태어난 사이보그라고 할까, 가게에서 분열되어 생긴 게 아닐까 싶을 정도로 쭉 가게에서 자랐다.

다른 일은 하나도 못한다. 아무것도 하지 않았다. 만들라고 하면 물론 스테이크도 햄버그도 맛있게 만들 수 있지만, 아빠의 건초염이 늘 도지는 걸로 봐서 만약 내가 가게를 물려받아 운영했다면 오른손이 망가졌을 것이다. 고기를 끝없이 빚고, 굽는다. 그건 역시 남자의 일이라고 생각한다.

나는 갑자기 한가해진 그 시간에 동네를 느긋하게 산책하는 게 좋았다. 자세히 보면 매일 갖가지 일이 벌어진다. 동네 안에서 생기는 조그만 변화가 큰 변화로 이어지는 흐름이 파도 같아 좋았다.

엄마가 돌아가셨을 무렵에는 온 동네가 회색으로 칙칙하게 보였고, 그 동네에서 벗어나지 않고 살아온 나는 어디를 가든 엄마의 흔적을 찾고는, 쪼그리고 앉아 눈물을 흘렸다. 최근에야 겨우 세계에 아름다운 색이 돌아왔다.

어느 겨울 아침, 어머? 동백꽃 색이 이렇게 진하고 예뻤구나, 이파리도 진한 초록색이네, 하고 생각한 것이 계기였다. 동백꽃이라는 조그만 창문을 시작으로, 세계는 점차 색을 되찾아갔다.

매일 똑같이 걷고, 똑같은 사람들을 만나도, 보이는 세계가 조금씩 달라지는 것을, 그 색채감을 눈이 알아보게 되었다.

고기와 기름을 다루는 것은 깨끗한 일이 아니다. 온몸에 냄새가 배고, 끈적거리고, 눈과 다리와 허리가 늘 아프고 뻐근하다. 바람을 많이 쐬지 않으면 피로가 걷히지 않는다. 그렇다는 걸 요즘 들어서야 깨달았다. 그 전에는 엄마의 빛이 지켜 주었고, 엄마가 돌아가신 다음에는 가게를 꾸려 가느라 정신이 없었다.

그 오후는, 런치 타임이 없어진 다음의 전형적인 오후였다.

집안일이 끝나면, 해묵은 석등이 있고 디딤돌이 약간 깨져 나간 고즈넉한 마당을 지나, 낮에는 마당에 풀어놓는 페로와 조금 놀아 준 후에 산책에 나선다. 산책, 순찰, 그러고 나면 가게 일을 위해 컨디션을 조절한다. 그것이 일과였다.

털이 얼룩얼룩 재미나게 나 있는 페로는, 밤중에 도망을 가야 해서 더 이상 키울 수 없다는 지인의 집에서 엄마가 데려온 잡종 중형견이다.

아빠는 음식점을 하는데 개를 키울 수 있겠느냐고 우려했지만, 엄마가 울면서 부탁하자 엄마에게 약한 아빠는 결국 허락했다. 그리고 신이치가 페로를 위해 일광욕을 할 수 있는 선룸을 만들었다. 나이를 먹을 대로 먹은 페로는 요즘은 늘 거기에서 자고 있다.

숨을 쉴 때마다 페로의 배가 오르내리는 것을 보면서, 인간이란 참 이상하다고 생각했다.

저쪽에서는 같은 동물의 고기를 갈고, 이쪽에서는 갈비뼈에 붙은 살이 오르내리는 것을 사랑스럽게 쓰다듬고 있다. 이 모순이야말로 인간다운 지점이라고 생각할 수밖에 없다.

정말 이상한 일이지만, 그 이상함은 고기를 먹지 않는 행위 정도로 간단히 해결될 수 있는 것은 아니지 않을까

하는 생각이 늘 든다. 어디까지나 개인적인 생각이지만. 이 시스템 속에서 태어난 우리가, 먹는 것으로 해 줄 수 있는 일도 반드시 있을 것이다.

그리고, 나 역시 언젠가는 죽어 무언가에 먹히리란 것을, 슬프지만 확신하고 있다.

먹혀서, 지구든 공기든, 눈에 보이지 않는 커다란 존재의 에너지가 될 것이다. 그 연쇄에서 인간만 벗어나 있을 리 없다. 소들 역시 암암리에 자신들이 먹히고 있다는 걸 알고 있으리라. 인간과 마찬가지로, 죽어서 누군가의 영양이 된다는 걸 모르는 척 하면서 마지막 날까지 힘껏 사는 것이라고 생각한다.

신이치는 결혼할 때까지, 마당에 있는 조그만 오두막 같은 별채에서 살았다. 사정이 있어 부모에게 버려진 어린 시절부터 계속.

그래서 지금도 그 오두막은 신이치의 휴식 공간으로 쓰인다.

신이치는 일찍 와서, 식료품 반입을 관리하고 재료를 손질한 다음에는 그 별채에서 잠시 눈을 붙이거나 책을 읽으며 지내는 일이 많은데, 그날은 외출을 했는지 없는 것 같아서 아무 말 않고 집을 나섰다.

문을 나서자마자 후지사와 할머니와 마주쳤다. 오후인데 화분 손질을 하고 있었다.

"할머니, 이런 시간에 물 줘요?"

"오늘은 아침부터 나와 있었거든. 어디 나가는 거야?"

"네."

"다녀 와."

어렸을 때부터 변함없는, 변두리 동네다운 대화다.

골목으로 나오자, 아파트 1층에서 늘 멍하니 창밖을 내다보는 나가타 아주머니와 눈이 마주쳤다.

"다녀와요."

아주머니가 웃었다. 언젠가 정전 때 손전등을 빌려 드린 후로, 인사를 주고받게 되었다. 그녀가 늘 창가에서 이 골목을 멍하니 보고 있어, 도둑이 들 걱정은 안 해도 된다. 아주머니는 아마 생활보호 대상자일 테고, 일가친척도 하는 일도 없는 것 같지만, 동네 사람들은 언제나 아주머니에게 "나가타 씨가 지켜줘서 안심이야." 하고 말을 건넨다. 그리고 간혹 고맙다는 뜻으로 이런저런 것을 나눠 준다. 어쩌면 고독한 인생을 걸어왔을지도 모르는 아주머니의 자존심은, 동네 사람들에게 보탬이 되는 것으로 건강하게 유지되고 있다.

역으로 가는 도중에 하마 씨도 만났다.

하마 씨는 치매에 걸렸는지, 원래부터 이상했는지 모르겠지만, 늘 동네를 어슬렁거리는 할아버지인데, 기본적으로는 아들네 주차장을 관리하고 있는 듯하다. 차가 들어오면, 그 주차장과 관계없는 차라도 차별 않고 일일이 유도해 준다.

"하마 씨, 안녕하세요." 인사하자, 하마 씨는 응, 하면서 고개를 끄덕였다.

재킷에 넥타이, 그의 특징은 늘 반듯한 차림을 하고 있다는 것이다. 눈은 사시지만, 조금 벗겨진 흰머리를 깔끔하게 넘겼다. 하마 씨가 죽을 때까지 이 모퉁이에 서서, 들어오는 차를 유도해 줄 것이라고 모두가 믿고 있다. 인간이며 풍경이라는 것은, 어떤 의미에서 행복한 일이라고 여겨 아무도 그를 훈계하려 하지 않았다.

이곳은 그렇게 미지근한 물처럼, 아무것도 달라지지 않는 듯 보인다.

그런 가운데, 간혹 살고 죽는 문제가 있어 공기가 움

직인다.

언젠가 나도 그렇게 죽어서, 동네의 젊은 사람들이 접수를 보고, 장례식을 치르고, 아는 사람들이 관을 옮겨 줄까, 하고 상상하면 아쉽기보다 안도하게 된다. 이대로 있어도 좋고, 이대로가 좋다. 최대한 천천히, 조금씩이 좋다.

아는 동네 어르신들을 마지막까지 봐 드려야지, 그렇게 생각하는 것은 인간으로서 당연한 일이라고 생각한다. 시장을 보고, 취미 활동을 하고, 아무튼 돈이 필요하다는 것, 그렇게 강요된 이미지 때문에 자신의 인생을 소비하는 것은 허망하다. 좀 더 소중하고, 귀찮지만 알기 쉽게 자신과 이어진 것은 언제든 그쪽에서 찾아온다. 그것을 사용하고 다루고 음미하고, 그런 것이 인생이다. 가게에서 온갖 사람들을 봐 온 나는 인생이란 그런 것임을 일찍부터 정확하게 알고 있었다.

그렇다, 여느 때와 아무 다를 게 없는 오후였다. 그런 변화가 시작될 날이라는 걸 알았다면, 그 하루를 좀 더 음미할 수 있었을 텐데.

돌아보면, 그 오후는 신이 준 특별한 꿈처럼 달콤하게 생각된다. 파란을 앞두고 주어진 달콤함, 외톨이라는 자유의 애틋한 향기.

역 앞에 있는 꽃 가게에서 꽃을 사고, 조금 멀리 있는 유기농 식품점까지 걸음을 해서 신선한 홍당무와 초콜릿을 사 들고 유코 씨를 찾아갔다.

유코 씨는 신이치의 부인으로, 집에서 거의 한 걸음도 나오지 않는 생활을 하고 있다.

가끔 밖에서 보면 드디어 도플갱어가 나타났다 하고 움찔 놀랄 정도다.

유코 씨는 어렸을 때 크게 다친 바람에 왼쪽 다리의 신경이 손상되어 한쪽 다리가 약간 짧아졌다. 그 탓에 마음 편히 나다닐 수 없어 성가시다고 한다. 그런 데다 그녀가 너무도 가련하고 아름다워, 신이치도 밖에 내놓고 싶어 하지 않는다.

이런 결혼 생활도 있다는 것이 무척 참고가 되었다. 본인들만 좋다면 이래도 좋지 않을까, 하고 생각된다.

나는 지금까지 좀 움츠러들어 있었는지도 모른다는 생각까지 들었다.

때로 연애를 해도, 내가 가게 일에 너무 열심인 데다

늘 기름 냄새를 풍기는 탓에 결국은 잘 풀리지 않았다. 게다가 옛날에 사귀었던 신이치까지 언제나 주위에 얼쩡거렸으니까.

신이치와의 관계 속에서 생긴 아이를 유산한 적이 있다.

내가 열일곱 살 때의 일이다. 신이치는 취직하기 전, 대학생인데도 거의 은둔하다시피 지냈다.

둘 다 천진하게 언젠가는 결혼하자고 생각했고, 결혼과 섹스가 바로 연결되어 본능이 원하는 대로 원숭이처럼 몸을 섞었다.

그 무렵의 신이치는 남매이며 연인이며 친구였고, 우리는 하나가 되어 아무 모순 없이 살았다.

그 나날의 행복을 뭐라 표현하면 좋을지 모르겠다. 매일 신이치와 만날 수 있다는 것만으로, 충분했다.

아이가 생겼을 때는 기뻐서 당연히 낳을 거라고 생각했다. 신이치도 그렇게 말했다. 낳자고 다짐하고 신이치를 바라보았는데, 불현듯 안 되겠다는 생각이 들었다.

신이치는 동요해서, 우리 낳자, 결혼하자, 내가 할 수 있는 한 도울게, 하면서도, 그날부터 당장 잠도 못 자고 먹지도 못했다. 그리고 내 눈을 똑바로 쳐다보지 못했다. 참 알기 쉽게도.

도무지 결혼하자는 말에 맞는 상황이라고 여겨지지 않았다.

그제까지 강아지처럼 들러붙어 한 이불을 덮고 자고, 밤에는 같이 텔레비전을 보며 깔깔 웃었고, 사온 과자를 나눠 먹곤 했는데, 갑자기 이 세상 누구보다 멀어지고 말았다.

그때만큼 슬펐던 적은 없다. 원망과는 다르다, 누구를 탓할 수도 없고, 사실이 그렇다는 사실에서 비롯되는 한없이 깊은 슬픔이었다.

인생이란 이런 것이다, 좋은 쪽으로 꾸역꾸역 끼워 맞춰 생각한다면 물론 좋게 보이기도 할 것이다. 하지만 그런 것은 자기 최면에 지나지 않는다. 이런 것이 인생이다. 그저 그뿐이다.

나는 일찌감치 그렇게 깨달았다.

괜찮아, 낳아서 우리 집에서 키우면 돼. 신이치는 아기에게 절대 손 못 대게 할 거야. 그렇게 결심했지만 슬프고, 그 생각에 너무 골몰한 탓인지 이내 유산하고 말았다. 몸

주주

이 무거워 누워 지내는 동안, 신이치가 엄청난 짓을 저지르려 했다. 그렇다, 그는 그런 사람이다. 그날 일을 생각하면, 지금도 멍해진다. 그와 무언가를 같이 이해하고 나누는 일은 평생 없으리라고 생각한다. 그래서 헤어졌지만.

그는 병원에 가서, 아이를 낳을 수 없게 하는 수술을 받으려고 했다.

예약표와 수술 전의 주의 사항이 적힌 종이를 내가 발견하지 못했더라면, 그 일은 정말 벌어질 뻔했다.

나는 병원에 전화를 걸어 떨리는 목소리로 내 멋대로 수술을 취소하고는, 집에 돌아온 신이치를 다그쳤다.

"대체 무슨 생각이야? 오빠는 아직 젊잖아."

나는 울면서 그렇게 말했다. 나는 더 젊었으니 그렇게 말할 수 있는 입장이 아니었지만, 아무튼 그가 그렇게 행동하기를 원했던 것은 아니었다.

"섹스를 그만두기는 힘들겠지만, 아이가 생기지 않게는 할 수 있어."

신이치가 말했다.

"그런 짓을 하면 다른 여자와도 아이를 만들 수 없지만, 나와도 만들 수 없다고."

나는 말했다.

"마음이 바뀌면 어쩔 건데."

"또 수술하겠지. 하지만 아마 어렵겠지."

신이치는 말했다.

"무엇보다 미쓰코를 그렇게 아프게 했으니까, 나도 뭔가는 해야 한다고 생각했어."

이거 진짜 바보네, 하고 나는 생각했다.

피차 아픔을 겪고 나눴지만 헤어질 수는 없을 것 같고, 그렇다면 아직은 더 하고 싶고. 일단 앞일은 생각지 않는다. 젊은 남자가 생각할 만한 바보짓이었다.

이렇게 겁나는 일은 두 번 다시 없어도 된다고 생각한 거지? 도망친 거지? 그렇게 퍼부었다.

내게 의논하지 않았다는 것, 그래서 상처 입었다는 것조차 전해지지 않는다. 타인이란 그런 것일까? 하는 생각에, 자신의 영혼 깊은 곳에서 잠자던 증오의 소용돌이를 건드리고 말았다는 것을 알았다. 그렇게 깊은 곳에서, 마치 보물처럼 당당하고 강하고 거대하게 소용돌이 치고 있었다니.

그곳에서는 가게 일로 바쁜 부모가 잘 돌봐 주지 않아

느꼈던 모든 슬픔, 지금까지 소리 없이 포기해 왔던 모든 순간이 마그마처럼 부글부글 한꺼번에 들끓고 있었다. 거기에 손을 대서 폭발하고 나면, 모든 것을 잃는다. 그렇게 생각하고 나는 꾹 눌러 참았다. 그렇다, 그건 거기에 있다, 그걸 아는 사람은 나밖에 없지만, 내가 알고 있다. 그렇게 생각하기로 했다.

신이치와 결혼해서, 주주를 계속해 운영한다, 그 무렵의 내 꿈은 그것이었고, 실현 가능하다고 생각했다. 아니, 실현하지 못하는 것은 있을 수 없는 일이라고.

고등학교를 졸업하면 바로 가게에서 일하기 시작해, 최대한 빨리 결혼하고, 아이도 많이 낳아, 복작복작하게 이곳을 넓혀 가자, 평온하게 살자, 그렇게 생각했다.

하지만 그 일로 꿈은 일찌감치 깨지고, 덧없지만 이룰 수 없게 되었다.

사랑의 꿈도, 이 세상에는 성숙한 남자가 있어 아빠처럼 나를 지켜 주리라는 환영의 토대도, 모두 깨끗이 무너지고 말았다.

그리고 잘 보면, 아빠가 엄마를 지켜 준 것도 아니라는 걸 알게 되었다.

아빠는 사회로부터 엄마를 지켜 주었을 뿐, 엄마의 인간성을 지켜 준 것은 아니었다. 오히려 엄마가 아빠의 인간성을 지켜 주고 있었다.

뭐야, 그냥 주고받는 거잖아, 그러니까 이제는 몸을 송두리째 내던지는 어린애로 돌아갈 수 없다는 거네.

있는 그대로 살면 된다, 실패하면 처음부터 다시 시작하면 된다. 그렇게 말하는 사람들이 많지만, 있는 그대로 살았더니 조그만 무언가가 훼손되어, 두 번 다시 처음부터 다시 시작할 수 없게 되었다. 섹스를 하면 임신을 하고, 임신하면 결혼하고, 그럼 되는 거 아냐, 하고 생각했는데, 그렇게 단순하게 진행하기에는 시기가 너무 일렀고, 짝도 좋지 않았다.

그 일이 있은 후로 나는 신이치가 사는 별채에는 가지 않았다.

부모님도 묵인하다시피 해서, 거의 같이 산 거나 다름없었는데.

그 시기에는 마당에 있는 신이치의 오두막이, 마치 무슨 무거운 덩어리처럼 보였다. 보고 싶지 않은데 보이는 것, 꿈의 잔해, 황량한 폐허처럼. 안개가 낀 것처럼 부옇게, 하지만 무겁고 흐릿했다. 보고 싶지 않은 것을 보는 기분으로 나는 그 앞을 지나다녔다.

모든 것이 사라진 후에는, 추억마저 둔탁하고 칙칙한 색감이었다. 그렇게 신이 나서 신이치를 부르면서 노크를 하고 열었던 그 문이, 이제는 나를 무조건 들이지는 않는다.

그 후에 신이치는 취직을 해서 바빠졌다. 얼굴을 마주하지 않는 날이 계속되었고, 그러다 어느 날 갑자기 신이치가 회사를 그만두고 별채에 틀어박혔다.

그때 창문을 밝힌 것은 오로지 걱정의 색이었다.

안에서 혹 자살을 하지 않았을까 조마조마해서, 상황을 살피러 가곤 했다. 무서운 꿈을 몇 번이나 꾸었다. 내가 목을 맨 신이치를 발견하기도 하고, 외출을 했는데 신이치가 죽었다는 소식이 날아드는 그런 꿈. 벌떡 일어나면 심장이 쿵쿵 뛰고, 몇 번이나 신이치의 방에 가려고 했지만 몸이 움직이지 않았다. 그런 일이 반복되었다.

하지만 그건 순전히 쓸데없는 노파심이었다.

신이치는 친구들과, 또는 혼자서 툭하면 등산도 하고, 의외로 즐거워 보였다.

느긋하게 그림도 그리고, 책도 읽고, 인터넷 검색도 하고, 별채로 찾아간 나와 엄마에게 커피를 끓여주기도 하면서, 마치 산속 오두막에 사는 할아버지처럼 지냈다. 어이가 없어서 화가 날 정도였다.

하지만 그 시기에 신이치가 자신을 밖으로 흩뿌리지 않고 내면에 침잠해서 지낸 덕분에, 오히려 서로의 관계는 성장했다. 그때 내게는 연인이 있어, 그 일로 의논도 하다 보니 조금씩 관계가 회복되어 갔다.

물론 그런 관계의 지층에는 연애의 역사가 있었지만, 이미 화석처럼 굳은 것이었다. 신이치는 나 때문에 허우적대다 도망치는 일 없이 관계를 재구축하려고 했고, 나도 그에 맞췄다.

그리고 신이치는 요리 학교에 다니고, 유코 씨와 전격적으로 결혼해서는 주주로 들어왔다.

그 무렵에야 겨우 창문에 어린 시절과 똑같은 빛이 돌아왔다.

아, 신이치가 있네, 저 불빛을 보니까 마음이 푸근해지네, 계속 가까이 있으면 좋겠네, 그렇게 생각되었다.

같은 불빛 너머에 같은 사람이 있는데, 이렇게 다르다

니. 그러고 보면, 인생에 정해진 것은 전혀 없다는 것을 이해할 수 있다. 지금이 그렇게 나쁘지는 않다. 그것으로 충분하다.

신이치는 먼 길을 돌아, 결국 우리 가족의 주주로 돌아왔다.

결국 내 꿈이 이루어진 것인지, 마지막 한 조각까지 철저하게 깨진 것인지, 아직 잘 모른다. 어느 쪽일 수도 있다는 생각이 든다.

신이치를 그렇듯 좋아했던 마음 역시 어딘가로 사라져버려, 이제는 기억조차 나지 않는다.

다만, 신이치보다 주주를 사랑하는 사람은 있을 것 같지 않았다.

그래서 기쁘기는 했다. 무거운 짐을 내려놓은 듯한 기분이었다.

이렇게 되기 위해 먼 길을 돌아올 수밖에 없었나 싶었다.

인생을 단순하게 산다는 게 보통 쉬운 일이 아니란 것도 깨달았다. 마치 서핑 같다. 파도는 시시각각 모습을 바꾸니, 늘 그때그때 균형을 잡을 수밖에 없다. 그래서 결과

적으로 비틀린 모습이 되어도, 의도만 유지하면 흐르는 시간 속에서 만사는 단순해진다.

내 인생의 축은 늘 엄마의 주주(그것도 주방이 아니라 홀)에 있고, 그곳을 제대로 보지 않으면 뒤죽박죽이 되고 만다.

나는 고졸이고, 우리 가게 일 외에는 할 수 있는 게 없다. 게다가 고기를 다룬다. 나쁘게 생각하려고 들면 얼마든지 나빠질 수 있다. 하지만 내가 사는 동네와 손님에게 둘러싸인 가게의 역사가 나를 이 대째 살라미로 살게 하고 있다. 엄마가 그랬던 것처럼. 혹은 살라미가 일 대였으니, 역시 신이치와 마찬가지로 삼 대째가 되는지도 모르겠다.

신이치와 유코 씨는 참 많이 닮았다.

나처럼 미묘하게 상처 입은 정도가 아니라, 부모 자식 관계의 근간이 철저하게 무너진 상태에서 혼자 힘으로 아등바등 애쓴 결과 쑥 빠져나온 공허한 분위기가 정말 닮았다.

그러니까 신이치는 유코 씨의 내면에서 똑같은 경치를

한눈에 보고는, 그냥 내버려 둘 수 없었던 것이리라.

둘 다 남이 어떻게 생각하는지는 크게 신경 쓰지 않는다. 유달리 대담한 면이 있고, 상식에 어긋나는 면도 있다.

신이치는 한눈에 반한 유코 씨를 열렬하게 좋아하게 되었다. 저녁나절의 상점가에서 스쳐 지났는데, 그 길로 뒤를 쫓아갔을 정도로. 그리고 눈물을 흘리면서, 어떻게 하면 당신을 다시 만날 수 있는지, 꼭 한번 만나고 싶다고 말을 건넸다고 한다.

그때 사랑의 몸살을 앓아 몸무게가 5킬로그램이나 빠진 신이치가 밤낮으로 내게 의논을 청해, 기운을 북돋아 주기도 하고 안타까운 기분이 들기도 하고, 그러다 나는 마침내 먼 친척으로서의 깊은 애정을 정말 완전하게 회복했다. 그것은 마치 부모 같은 심정이었다. 이 아이가 행복해질 수 있기를, 모든 일이 잘 풀기기를, 그렇게 바라는 기분이 너무도 강해 스스로도 놀랐을 정도다.

깊은 곳에 화석이 된 응어리로 남아 있던 우리 관계에 구멍이 뚫리고, 새로운 바람이 불어 들었다. 유코 씨와 결혼하지 않았다면, 그는 내가 있는 한 가게를 맡지 않았을지도 모른다.

신이치가 유코 씨에게 푹 빠진 나머지, 거의 혼이 빠진 것처럼 몸도 마음도 순순히 열고 둥둥 떠다녔던 그 시기에, 나는 나 나름으로 그와 함께 가게를 꾸려 나갈 결심을 굳힐 수 있었다.

신이치의 간절한 프러포즈에 유코 씨는 '밖에 나가지 않아도 되면 결혼할 수 있다.'고 대답했다고 한다.

동네 아이들은 유코 씨를 '유령'이라고 불렀다. 너무도 존재감이 없어서, 가끔 창가에 서 있으면 진짜 요정이나 정령…… 솔직히 말해서 가장 비슷한 것은 '유령' 같았으니까.

그렇다고 그들이 고성에 사는 것은 아니었고, 낡은 아파트가 그들의 사랑의 둥지였다. 그 아파트에는 조그만 안뜰이 있고, 유코 씨는 날씨가 화창하면 베란다에서 종일 그 안뜰을 바라보곤 한다. 그 모습이 바깥쪽에 있는 문에서 언뜻언뜻 보이는 탓에, 다들 유령인가 하고 화들짝 놀라는 것이다.

문을 노크하면,

"네."

하는 가냘픈 소리가 나고, 문이 열렸다.

먼 친척의 아내를 뭐라 불러야 하는지 모르겠지만, 아무튼 그녀는 나의 친척으로 가끔 "미쓰코, 햄버그 냄새 진짜 심하네, 숨이 막혀. 창문 열어도 될까?" 하고 눈살을 찌푸리지만, 우리 관계는 좋았다.

"아, 미쓰코. 왔어?"

유코 씨는 아스라이 미소 지었다.

이 사람, 인간 맞아? 싶을 정도로 하얗고 투명하고, 근육이 없고, 종이처럼 하늘거리고, 그런 데다, 언제나 무지개 색의 막 너머에 있는 것처럼 보인다.

"들어와."

그렇게 말하고 유코 씨는 내 손을 잡았다. 차가운 손이었다. 하지만 피부 감촉은 확실하게 있고, 정맥도 보인다. 살아 있는 거 맞네, 하고 나는 생각했다. 확인하지 않으면 잊어버릴 것 같다.

"잠깐만 있다 갈게. 이제 일 시작해야 하니까."

나는 말했다.

"신이치 씨는 조금 전에 살 게 있다면서 나갔어."

유코 씨가 말했다.

언제나 집 안에 있어서, 네글리제처럼 얇고 검은 레이

스 슈미즈 같은 것을 겹쳐 입었고, 짧은 머리가 살랑살랑 옆으로 갈라져 새하얀 목덜미가 드러나 있다. 이런 말을 하기는 뭐하지만, 밤낮으로 신이치가 이 사람을 안는다고 생각하면 너무 섹시해서 그가 부러운 나머지 코피가 터질 지경이다.

딱히 가슴이 풍만한 것도 아니고, 엉덩이가 탱탱한 것도 아니다. 모든 것은 그녀를 뒤덮고 있는 그 아름다운 안개가 원인이다. 이런 사람을 얻으면, 그거 하나로도 축복받은 인생이라고 할 만큼 그녀는 아름답고 묘하게 섹시하고, 안개가 자욱하게 낀 저 먼 산의 경치처럼 늘 아득했다.

유코 씨는 언젠가, 밖에 나가면 힘드니까 이제 나가지 않기로 결심했다고 말했는데, 그럴 만도 하겠다 싶다. 하느님은 왜 이런 사람을 만들었을까. 만사에 기가 찰 정도로 서툰 사람이 있는 것처럼, 이런 사람도 간혹 있다. 이런 모습의 사람에게 어쩌다 이런 영혼이 깃든 것도 신기하고, 그러니 이렇게 별난 인생을 살게 된 것이리라. 그렇게 말이 아닌 설득력으로 순순히 수긍할 수 있었다.

차를 마시겠느냐고 묻지도 않고서, 유코 씨는 부엌에서 허브 코디얼을 페리에에 타서 음료를 만들기 시작했다.

그것도 그녀에게 정말 잘 어울리는 음료였다.

그녀는 연보라색 액체가 담긴 와인 잔을 내게 내밀었다.

나는 가벼운 파티에 온 사람처럼 선 채로 잔을 받아들고서 짐을 내려놓고, 소파에 살며시 앉았다. 이 집에 오면 늘 자신이 거칠고 거대한 아저씨가 된 듯한 기분이 든다.

"이거, 선물."

나는 가져온 것을 내밀었다.

"고마워."

그녀는 가녀린 손으로 그걸 받아들었다.

그리고 눈을 찌푸렸다.

"미쓰코 씨, 햄버그 냄새 나네."

유코 씨가 말했다.

"신이치 씨 냄새랑 똑같아."

"그야, 당연하지, 같은 햄버그 가게에서 그렇게 오래 일했는데."

나는 말했다.

"그리고."

약간 쉰, 속삭이는 듯한 목소리로 유코 씨는 말했다.

"사랑 냄새도 나. 연애를 시작하기 직전의 사람 냄새."

응? 하면서 유코 씨를 보았지만, 얼굴이 잘 보이지 않았다.

엷은 안개 너머로 그 눈동자의 반짝임만 분명하게 보였다. 아른아른해서, 이 사람이 만약 질투에 눈이 먼 신이치나 다른 남자에게 목 졸려 죽은 유령이라고 해도, 지금 같으면 믿으리라 생각했다.

"그런 사람 없는데."

나는 말했다.

"생길 거야. 냄새가 나는걸 뭐."

내 팔의 냄새를 맡으면서 유코 씨는 미소 지었다. 차갑고 조그만 코끝이 살에 닿은 느낌이 정말 고양이 같았다. 그때, 유코 씨는 이미 눈앞에 존재하는 유코 씨로 돌아와 있었다.

"검도의 길을 걷는 사람은, 수준이 비슷한 사람이 아니면 맞붙지 않아, 만나지도 않고. 그런 의미에서 신이치 씨와 너는 실력이 대등해. 너 말고는 그런 사람 없어. 그러니까 같이 가게를 할 수 있는 거야."

유코 씨가 말했다.

"그거야 뭐, 그럴지도 모르지."

나는 말했다.

"신이치 씨가 우리 엄마를 너무 잘 따라서, 내가 샘을 부렸을 정도니까. 아마 그쪽도 우리 집 아이로 태어나고 싶었을 거야."

신이치의 엄마는 삼 대째 내려온 치과 집안의 딸로, 치과 의사였던 신이치의 아버지와는 중매로 결혼했다. 그러나 신이치가 태어나자마자 그 아버지는 치과 위생사와 사랑에 빠져 집을 나갔다. 그녀는 위자료를 두둑이 받은 후 친정으로 돌아가 재혼해서 아이를 낳았고, 데릴사위로 들어온 남편이 이어받은 치과에서 사무를 보고 있다.

그 엄마는 어린 신이치를 수시로 우리 집에 맡겼다. 그리고 그녀가 친정으로 돌아갔을 때, 신이치는 우리 집에 양자로 들어와 별채에 살게 되었다.

우리 부모님은 신이치의 엄마에게 절대 돈을 받으려 하지 않았다.

겨우 입학 축하금 정도만 받았다. 돈을 받으면 신이치를 내쫓을 권리가 사라지기 때문이라고, 입으로는 그렇게 말했지만 신이치라면 사족을 못 쓰고 늘 함께 있고 싶어 할 정도로 예뻐했다. 돈으로 살 수 없는 인연을 얻었는데, 그걸 돈으로 환산하면 벌 받을 거야, 하고 엄마는 자주 말했다. 이 아이는 이제 우리 자식이야, 내가 낳지 않았다는 게 믿기지 않는구나, 하고. 신이치는 친엄마를 가끔 만나는 듯하지만, 지금도 관계가 그리 좋은 것 같지는 않다.

"집에만 계속 있다 보면, 사물의 모습이 확실하게 보여. 거기에는 사랑이나 꿈이 파고들 여지가 조금도 없지. 하지만, 흐트러 놓고 보면 모두가 딱 적당하게 보이지. 그런데, 내가 꿈도 희망도 없는 것처럼 보여?"

유코가 물었다.

그렇게 물으면 뭐라 얼버무릴 수 없다.

"그렇게 보이기도 하지만, 그냥 환상이 없을 뿐인 것처럼 보이기도 해. 그리고, 밖에 안 나간다고 해서 뭐 아무것도 없는 건 아니잖아."

나는 말했다.

"어떤 점이?"

유코는 똑바로 나를 쳐다보며 물었다. 빨려 들어갈 듯한 눈 속에, 어떻게 그럴 수 있는지 넓고 자유로운 공간이 있었다. 지금 당장이라도 어디든 갈 수 있어, 그런 눈빛이었다.

"그냥, 풍요로우니까. 집에 틀어박혀 지내던 때의 신이치 씨처럼."

유코 씨는 내 손을 꼭 잡았다.

차갑고 가녀린 손이었다.

만에 하나 언젠가 내가 쓰러지더라도, 신이치를 돕기 위해 가게에 나와 일해 줄 리 없는 이 사람…… 주주를 위해서라도 건강하게 오래 살아야지, 하고 나는 생각했다.

나는 아주 현실적이라서, 신이치 씨도 유코 씨도 뜬구름을 잡으려는 사람들처럼 보여 조금은 부럽지만, 그래도 몸을 더 움직이고 싶다. 엄마처럼 주주의 꽃이고 싶다. 내가 가게에서 테이블을 닦을 때면, 거기에 엄마의 손이 보인다. 지글거리는 철판에서 오르는 김 너머로 손님의 웃는 얼굴이 보일 때, 거기에는 엄마도 있다. 제단에 놓인 영정보다 훨씬 가깝게 느낀다. 그런 실감으로 살아가고 있다.

"연애를 하더라도, 멀리 가지는 마."

무언가를 얻으면 무언가를 잃는다, 유코 씨를 보면 늘 그런 생각이 든다. 유코 씨는 나이를 아무리 먹어도 밖으

로 나가지 못하리라. 어린 시절을 어떻게 넘겼을까, 보나
마나 온갖 일을 겪었을 테고, 지금은 겪을 수도 있었던 많
은 일을 겪지 않게 되어 힘을 보충하는 포인트가 달라졌
을 것이다.

이렇게 이상한 사람이 이 집에 언제나 소리 없이 있다.
그것만으로도 내 인생, 마음속 동네에 부드러운 빛이 밝
혀진다. 보면 거기에 있는, 확고한 빛.

"나는 유코 씨가 있다는 게 듬직한데."

나는 말했다.

나와 신이치의 관계도, 가게도, 최악의 사태를 맞을 수
있었는데, 유코 씨가 천사처럼 등장해서 공정하고 온전하
게 모든 것이 제자리를 찾았으니까.

"아, 나 천사 아니야."

당연히 마음의 소리를 들을 수 있다는 것처럼 유코 씨
가 그렇게 말했지만, 황혼에 녹아드는 그녀 눈동자의 빛
을 보았더니, 신기하지도 않았다.

"천사는 순서대로, 언제나 누군가는 천사야. 너야말로
나의 천사. 그렇지 않다면 나를 그렇게 볼 수 없겠지. 나
를 나중에 나타난 훼방꾼이라고 생각할 거야."

훼방꾼?

한 번도 그렇게 생각한 적이 없었다. 나는 그저 유코 씨에게 정신이 팔려서, 신이치와 함께 어떻게 하면 유코 씨를 옆에 있게 할 수 있을지를 고민했다.

"내가, 머리가 나쁜가 보네."

나는 웃었다. 유코 씨는 그저 방긋거리며 나를 보았다.

유코 씨를 만나는 게 버릇이 되었다. 마치 다른 차원으로 떠나는 여행처럼.

아파트에서 한 걸음 나서면, 그게 전부 꿈이었나, 그런 사람이 있었던가, 하고 생각하게 된다.

돌아보니 창가에 역시 유령처럼 유코 씨가 서 있고, 얼굴은 보이지 않지만 하얗고 투명한 몸이 방의 불빛을 등지고 서서 조그맣게 손을 흔들고 있었다. 이쪽에서도 손을 흔들고, 금색으로 기울어 가는 빛 속을 걸어가자, 유코 씨의 환영이 스르르 가슴속에서 녹는 느낌이 들었다.

앞치마를 두르고 가게로 나갔더니, 신이치와 아빠는 벌써 재료를 손질하고 있었다. 같이 가게 일을 하면서부터 둘의 얼굴은 점점 닮아가고 있다. 고기를 보는 눈의 진지함, 구운 고기의 상태를 대하는 타협 없는 태도, 완전히 생기를 잃었던 아빠가 조금은 젊어진 것 같다. 그래도 엄마가 있던 때 같지는 않다. 아직은 허물에 가깝다.

신이치는 열심히 글라세를 만들고, 아빠는 햄버그를 만들고, 고기에 후추와 소금을 뿌리고 조금 전에 간 넛메그를 섞었다.

가게 밖에서 하나둘 사람들이 기다리기 시작했다.

잡지를 읽거나, 도란도란 얘기하면서 몇 명이 줄지어 서 있다.

그 사람들을 보면, 늘 사랑스러워 가슴이 메일 것 같다. 그들이 "음, 오늘은 주주에 갈까." 하면서 현관을 나서는 모습을 상상하면, 힘이 솟는다. 내가 들고 가는 무거운 접시를 벌써부터 기다리고 있는 사람들.

몸이 무거운 날에도 나는 자동적으로 척척 청소를 하고, 꽃을 장식하고, 환기구를 닦고(겁이 날 정도로 끈적거리고, 점토처럼 기름때가 진득하게 들러붙어 있어서 깨끗하게 닦아지지 않는다), 기름기로 미끈거리지 않게 바닥을 박박 닦고, 간판을 내다 놓고, 불을 켠다.

해 질 녘의 어슴푸레함 속에서 주주라는 글자가 빛날

때, 나는 행복을 느낀다. 매일 깜짝 놀란다.

주주, 우리 가게의 이름.

아마 나와 신이치 대에서 맥이 끊기겠지만, 아직은 조금 훗날의 일이라는 기쁨이 나를 채운다. 시간이 넉넉한 여름휴가의 시작 같은 기분이다.

이러고 있는 동안에도 주주라는 이름의 주머니 같은 것이 우주에 생겨, 이 간판에 불이 켜질 때마다 우주 공간에 영원히 보존되는 듯한, 그런 느낌이 든다. 그 더없이 확실한 빛.

그날 밤, 가게로 찾아온 그 사람은 나의 트라우마를 자극하는 분위기를 풍겼다. 그는 조금 옛날의 신이치와 비슷한 분위기였다. 소탈하고, 아직 많은 것을 떨쳐 버리지 못하고, 격한 분노를 은밀히 간직하고, 슬퍼하던 때의 신이치.

내려다볼 때의 느낌하며, 두툼한 손바닥하며. 하지만 신이치보다 훨씬 키가 컸고, 근육질의 신이치와는 달리 당장 살이 투실투실 찔 것 같고, 나이도 많고……삼십 대 후반 정도일까.

낯이 익지 않은 손님이네, 하고 생각했지만, 왠지 알고 있는 듯한 기분도 드는 사람이었다. 누군가를 닮은 듯한.

그가 햄버그를 주문해서, 나는 늘 하던 대로 주주 소리를 내며 지글거리는 철판을 들고 가 그 앞에 내려놓았다.

"많이 기다리셨죠. 맛있게 드세요."

늘 하는 말을 하자, 그는 나를 힐금 올려다보고는 김이 오르는 철판을 내려다보았다.

그리고 갑자기, 더는 못 참겠다는 듯이 엉엉 울음을 터뜨렸다.

통곡이었다. 사람이 그렇게 우는 건 처음 봤을 정도로 엉엉 울었다. 가게 안 손님들이 움찔거리며 그를 보고는 다시 눈을 내리깔았다.

나는 얼른 카운터 안에서 화장지 갑을 들고 뛰어나와 그 사람 옆에 섰다.

그리고 화장지를 몇 장 꺼내 들고, 그저 거기에 서 있었다.

그의 몸에 손을 댄 것은 아니지만, 그때는 가게 상황이 조금도 신경 쓰이지 않았다. 공기가 농축되어 가는 것을 느꼈다.

나와 그의 에너지가 6번 테이블에 모여 커다란 빛이 되고, 그 빛이 점차 강하고 짙어지는 것을 알 수 있었다. 그 옆에 그저 서 있었을 뿐인데, 나는 왠지 '앞으로 나는 이 사람과 함께하게 될 거야.' 하고 생각했다. 그 둥그런 등에 책임을 느꼈던 것이다. 그리고 지금이 영원히 계속되기를 기도하기까지 했다. 뭐지, 이 기분, 이 야릇한 기분, 미리 정해진 대본 속에 있는 듯한.

　불과 삼 분 정도 사이의 일이었다. 마침 주문도 없고, 완성된 음식을 옮기는 작업도 없었다. 마법의 시간이었다.

　신이치가 나를 힐금 보았다. 나는 느꼈다. 죽기 직전의 사람 머리에 그때까지의 인생이 주마등처럼 스치듯, 그때 나와 신이치는 눈과 눈 속에서 서로의 혼을 보았다. 그리고 피차 알았다. 드디어 때가 왔군, 응, 내게도 드디어 왔어. 잘 됐다, 그래도 서운하네, 나도 그래. 하지만 우리에게는 가게가 있으니까.

　그런 대화를 나눈 듯한 기분마저 들었다.

　신이치가 고개를 돌린 순간, 그도 울음을 그치고 얼굴을 들었다.

　나는 얼른 화장지를 내밀었다.

"꽃다발인 줄 알았습니다."

눈이 새빨개진 그가 말했다. 낮게 잠긴 목소리였다.

"다, 식었겠어요."

나는 말했다.

그것이 우리 둘의 첫 대화였다.

"어머니가 돌아가셔서."

그가 말했다.

"그렇군요."

"어머니가 매주 목요일에 아버지와 같이 여기 왔습니다. 오늘은 내가 대신."

그가 말했다.

"아아!"

누군지 알 것 같았다.

"미야사카 씨 부부, 그쪽은 아드님인가요?"

그는 아무 말 않고 고개만 끄덕거렸다.

그러고 보니 그 부부를 닮았다. 걸어서 오 분 거리에서 서점을 운영하는 부부였다. 꼭 둘이 매주 우리 가게를 찾아 주었다. 테이블에 옆으로 나란히 앉아, 늘 방긋거리며 주방을 보고 또 서로 얘기를 나누곤 했다.

"미야사카 씨 부인이, 돌아가셨군요."

나는 말했다.

왜 그렇게 갑자기? 하고 생각했지만, 우리 엄마가 돌아가셨을 때도 그렇게 생각했던 기억이 생생하게 떠올랐다.

한동안 오지 않아서, 여행이라도 떠났나 보다고 생각했다. 믿을 수 없었다. 이미 풍경의 일부가 되어 익숙한 사람들이었는데, 이 자리에서 방긋거리며 얘기하는 부부의 모습을 영원히 볼 수 없다.

흐르는 시간은 풍성한 결을 갖고 있다. 그 두 사람 형태의 결이 이 공간에 오롯이 새겨져 있다.

"명복을 빌게요."

나는 말했다.

"장례식은 왜 없었죠? 빈소를 차리지 않았나요? 작별 인사도 못 했네요."

"아아. 어머니가 그렇게 원하셨습니다. 동네에는 알리지 말고, 서점도 하던 대로 문을 열라고 하셔서. 친척끼리 조용히 치렀습니다."

그가 말했다.

"그럼, 영정에 꽃이라도 바칠 수 있게 해주세요. 나중에 보낼게요."

나는 말했다.

그는 나의 눈을, 그 새빨간 눈으로 가만히 쳐다보고는 고개를 끄덕거렸다.

"어서 드세요."

언제나 도란도란 얘기가 많았던 그 부부에게 이렇게 조용한 아들이 있었다니 참 신기하네, 하고 멍하니 생각하면서 나는 다시 한 번 애써 차분한 목소리로 말하고, 그 자리를 떠났다. 마치 어린 아이처럼 그가 햄버그를 우걱우걱 먹기 시작해, 나는 안도했다.

이렇게 안도하기는 오랜만이네, 하고 생각했다.

유코 씨가 "미쓰코는 챙기기 좋아하니까." 하고 말하는 목소리가 들린 듯한 기분이 들었다. 문득 신이치를 보니, 그도 이쪽을 보면서 말했다.

"지금 유코 목소리가 들린 것 같았는데."

속으로 깜짝 놀랐다.

"있지도 않은 사람 목소리를 듣다니, 아직도 연애 중인 거야? 이제 신혼도 아닌데."

내가 그렇게 말하자, 신이치는 웃었다.

그렇게 이상한 사람이니까 기체가 되어 여기로 날아와, 남자에게 한눈에 반하는 내 모습을 지켜보고 있어도 이상할 건 없지, 그렇게 생각했다.

그날부터 미야사카 씨(부모님 성이 미야사카니까, 틀림없이 그럴 거라고 생각하고는 멋대로 그렇게 불렀다.)를 시도 때도 없이 생각하게 되었다.

더없이 충격적인 만남이었다. 꽃다발인 줄 알았습니다, 쉬이 할 수 있는 말이 아니어서, 그때 일을, 그 목소리를 잊을 수 없었다.

미야사카 씨도 나를 마음에 담아 주기를, 바랐다. 혹시 앞으로 매주 목요일 가게에 와 주지 않을까, 그런 생각만 해도 심장이 여학생처럼 콩콩 뛰었다.

나의 인생은 이미 돌이킬 수 없을 만큼 뒤틀리고 말았지만, 그 사람의 눈으로 볼 수 있다면 내가 원하는 대로 단순해지지 않을까, 그런 기분이 들었다.

어렸던 시절, 가을이 되어 갑자기 밤이 서늘해지면서 왠지 기분이 착잡하고 쓸쓸해지고, 모두의 마음이 투명해진 듯한 밤, 많은 것들이 아주 고요하게 보이는 때가 있었다.

아빠가 굽는 고기가 지글거리는 주주 소리도, 엄마가 일하는 모습도, 손님들의 소란도, 포크와 접시가 닿는 날카로운 소리도, 모두 잔잔한 호수 속에 가라앉아 있는 듯한.

"미야사카 씨 부부는 도망가서 단둘이 결혼을 한 모양이야."

단골인 오카와 씨가 내게 그렇게 소곤거린 것은 사흘 후 밤이었다.

오카와 씨는 미야사카 씨가 하는 서점 바로 옆에 있는 아파트에서 산다. 주인에게 여러 가지 소문을 들었다고 한다.

오카와 씨는 여성지 편집자로, 남편도 장르는 다르지만 같은 출판사에서 편집 일을 하고 있다.

둘 다 주주를 좋아해서, 종종 찾아 준다. 오카와 씨는 언뜻 잘나가는 커리어우먼으로 보이지만, 아주 유연한 사람이었다.

엄마의 빈소를 찾아 주었을 때, 한층 그렇다는 걸 느꼈다. 언제 차를 끓일지, 언제 눈물을 머금을지, 언제 누구를 위로하고 누구는 그냥 내버려 둘지. 이 사람이 정말 엄마를 생각하고 추모하고 있구나, 그렇게 느껴지는 사소한 움직임을 볼 때마다, 화려한 세계에 사는 이 사람에게 날카로운 감각과 섬세하면서도 수더분한 선함이 동거하고 있다는 것을 알았다. 장례식 때는 호화로운 국화가 방을 한가득 메웠는데, 오카와 씨는 엄마가 가장 좋아했던 아침에 동네에 피는 들꽃을 꺾어 조그만 부케처럼 만든 꽃다발로 가게 주방을 장식해 주었다. 아주머니가 돌아온다면 여기로 돌아올 것 같아서, 오카와 씨는 눈물을 글썽이며 그렇게 말했다.

그 후로 나는 줄곧 오카와 씨의 숨은 팬이었다.

약해졌을 때만 보이는 것이 있다.

상태가 좋을 때는 간과하고 보고 싶지 않은 자잘한 것이, 약해졌을 때는 벽에 묻은 얼룩처럼 확실하게 눈에 띤다.

그런 때는 자신이 우주 공간에 떠 있는 것처럼 불안해지지만, 그곳에서 본 그 조그만 꽃다발 같은 것의 선명한 색감은 늘 마음에 남는다.

엄마가 세상을 떠나서 기운이 하나도 없었던 그 여름, 할 일이 없는 아침이면 늘 페로를 데리고 역 근처까지 터벅터벅 걸었다. 골목을 지나, 늘 걷던 길을. 아무리 걸어도 엄마를 만날 수 없는 길을. 부옇고 무거운 공기, 배기가스와 나른한 아침 분위기가 섞인 길을 정처 없이 걸었다.

바로 얼마 전까지, 런치 타임 준비를 위해 억지로라도 몸을 움직이려 체조를 하거나, 그 고기 냄새, 기름 냄새 속으로 갈 거니까 신선한 공기를 한껏 마셔야 한다고 공원에 드러누워 심호흡을 하다가 나도 모르게 잠이 들어 모기에 물리고. 언제나 일을 중심으로 있는 힘껏 살았는데, 그 무렵에는 그저 터벅터벅 걷는 수밖에 없었다.

울적하게 누워만 지내는 아빠와도 대화가 별로 없어, 둘 사이에는 차분한 배려가 허망하게 가라앉아 있을 뿐이었다.

그런 때, 프렌치 불도그를 데리고 걸어가는 오카와 씨와 곧잘 마주쳤다. 프렌치 불도그는 까맣지 뜨겁지, 푸르푸르 소리도 내지, 울어서 눈도 부었고 마음도 울적해서 피하고 싶다는 생각마저 했을지도 모른다.

그런데 적막한 아침에 허망한 기분으로 거리를 보고 있을 때, 그 까만 덩어리가 내 무릎에 얼굴을 들이대고 비벼대면, 갓 태어난 아기를 안고 있는 것처럼, 살아 있고

주주

누군가 나를 필요로 하고 있다는 느낌이 들었다.

"고마워, 니코."

나는 까맣고 딱딱한 머리를 쓰다듬으며 그 개의 냄새를 한껏 맡았다.

내 부은 눈, 내 적막한 마음을 알면서도 오카와 씨는 아무 말 없이 방긋거렸고, 개도 마음껏 만지게 해주었다.

살고 싶어, 살아 있어, 그렇게 말하고 싶은, 그런 향기로운 냄새였다. 페로에게서도 나는 그 냄새. 햇볕을 넉넉히 받은 행복한 개의 냄새. 사람의 보살핌 속에, 사랑받고 지내는 것의 냄새. 그래, 느껴져, 나는 살아 있어, 말이 아니라 그렇게 생각하고 충전되었다.

미야사카 씨라는 말만 들어도 내 심장은 쿵쿵 뛰었다. 그걸 모르는 오카와 씨는 말했다.

"돌아가신 아주머니가 원래는 언덕 위에 있는 N 동네에서도 유서 깊은 집안 아가씨였대. 사는 집도 어마어마했고. 당시에 약혼자도 있었는데, 미야사카 씨와 몰래 도망을 쳐서 집안과 인연을 끊고, 그 서점을 물려받아 운영한 거라네."

"그 서점, 어딘가 모르게 아카데믹하다고 할지, 아주 품격 있잖아요."

나는 고개를 끄덕였다.

북스 미야사카는 보통 서점과는 조금 달라, 소위 북 카페의 원조였다.

사이좋은 부부는 언제나 서점에 함께 있었고, 안쪽의 한 코너에 놓인 커피 메이커 두 대에는 늘 따끈한 커피가 담겨 있었다. 기품 있는 나무 카운터와 푹신한 의자가 있어, 앉아 책을 읽기에도 좋았다. 물론 이 동네 사람들의 필요에 따라 잡지나 실용서와 코믹북과 신간이 제일 앞에 자리 잡고 있었지만, 그 코너 주변에는 고서와 사진집과 미술 서적이 진열되어 있었다.

아저씨가 모험 책을 좋아하는지, 여행기와 오래된 지도나 세계의 신기한 박물지 등, 좀 색다른 고서를 갖추고 있어 멀리에서 찾아오는 사람도 있는 듯했다.

그리고 그 두 사람이 마음의 버팀목으로 삼았던 것이 우리 가게에서 먹는 디너였다.

"그 집 아들이 제2의 신이치 씨네."

오카와 씨가 단도직입적으로 그렇게 말해, 나는 움찔

했다.

"왜, 왜요?"

나는 동요했다.

"그 사람, 정말 말이 없고, 게다가 책벌레라던데 뭐."

오카와 씨가 말했다.

"이제부터는 서점 안쪽에 있는 그 코너 일을 돕나 보던데."

"아."

"그 사람, 몇 살이나 되었을까요?"

"음, 아마 마흔. 결혼해서 처가의 사진관을 이어서 운영했다는데, 책만 너무 읽는 데다 말도 없지, 그래서 부인이 바람을 피워 집을 나갔대. 이혼하고 나가노에서 최근에 돌아온 것 같아."

오카와 씨가 말했다.

"나가노?"

"부인의 친정이 나가노의 고모로였나 사쿠였나 그래."

"잘 아네요."

오카와 씨가 그 서점 사정을 너무 잘 알아 나는 깜짝 놀랐다.

"미야사카 씨 부부가 일 년에 한 번, 서점 문까지 닫고 신이 나서 여행 떠나는 거, 동네에서도 화제였거든. 가루이자와에 있는 고급 여관에서 며칠을 죽 묵는 게 여름휴가야. 아들 부부와 함께 묵는다고 했으니까, 몇십만 엔이나 할 텐데. 부모님과 절연을 했는데도 생활이 달라지지 않는 걸 보니, 역시 친정에서 돈을 보내 주는 게 아닐까 하고들 수군거렸어."

오카와 씨가 웃었다.

"음, 변두리 동네다운 소문이네요."

나도 웃었다. 이 동네에서 벌어지는 일에는 비밀이란 게 없다. 뭐든 다 알려진다.

"그래도 그 부부, 아주 소박한 집에서 살았어. 그 점은 참 마음에 들었는데. 그리고 그 서점에 있는 책도 전부 멋지고. 우리 부부도 그 서점과 주주가 있어서 이 동네로 이사왔는걸."

오카와 씨는 눈을 반짝이며 흐뭇하게 말했다.

오카와 씨의 예리한 관찰력이 이런 때는 무척 유연하다고 생각한다. 자신이 보고 싶은 색에 맞춰 보는 게 아니라, 전부 제대로 바라보고 있다.

"처음에 세 들어 살던 낡은 집을 매입했다는데, 그 집을 부수고 다시 짓지 않고 깔끔하게 수리해서 살뜰하게 살고, 대출금을 꾸준히 갚아 나가고, 외아들을 애지중지 키우고, 서점도 늘 성실하게 운영하고, 가루이자와 외에는 여행도 가지 않고, 유일한 낙은 이 집 스테이크와 햄버그였고. 아이가 없는 데도 둘 다 바빠서 쓰레기통 같은 집에서 엉망진창으로 사는데, 어쩌다 교류가 있어 호사스러운 밥을 먹고 지내는 우리 부부와는 수준이 달라."

오카와 씨가 말했다.

"직업상, 어쩔 수 없잖아요. 늘 바쁘니까."

나는 웃었다.

오카와 씨도 웃었다.

"지금은 인생이 그런 시기니까. 우리 둘 다 오래 살 수 있으면, 조그맣게 집 하나 지어서 조용히 살고 싶네."

화려한 일을 하는 오카와 씨는 먼 곳을 바라보며 말했다.

이미 그런 꿈이 이루어질 수 없는 궤도를 타고 있지만, 꿈은 버리지 않았다는 식으로. 가게에 있다 보면, 그런 눈을 수도 없이 본다. 자신도 모르게 멀리까지 와 버린 사람의 눈, 원래 자리로 돌아가고 싶지만, 이미 습관은 바꿀 수 없다. 이런 눈을 한 사람들은 어느 날 갑자기 일을 그만두고, 먼 곳으로 떠나거나 고향으로 이사를 간다. 오카와 씨, 조금씩 꿈을 되찾아요, 일에 쫓겨 꺾이지 말고. 그리고 아직은 우리 가까이에 있어요, 하고 속으로 기도했다.

그때, 오카와 씨가 주문한 햄버그가 완성되어, 나는 자리를 떴다.

또 하나 알게 된 것, 결혼한 적이 있다는 사실은 충격이었지만 그 대신 그가 지금은 독신이라는 기쁨을 곱씹으면서.

욕실에서 나와 내 방에서 내려다보면, 밤의 창문 아래로 신이치의 조촐한 별채가 보인다.

이제는 불이 켜져 있지 않지만, 전에는 그 불빛을 언제나 보고 있었다. 밤중에 신이치의 방에 켜진 불빛을 보면 마음이 차분해졌다.

그가 원래는 가족이 아니라서 불안감도 있었을 테고, 그 불안감이 사랑을 부추기기도 했을 것이다. 언제든 나갈 수 있고, 언제 부모가 데리러 올지 모르는 상태였으니까.

나와 엄마도 싸운 적이 있었다. 물론 있었다. 부모와 한곳에서 같이 일한다는 것은 아주 세속적인 일이다.

하지만 여행을 떠나거나, 싸우고 뛰쳐나와 친구 집에서 며칠 묵거나 할 때면, 언제나 귓가에 고기가 지글거리는 주주 소리가 들렸다. 지금쯤 가게는 어떨까, 바쁠까, 오늘은 예약이 들어왔을까, 와인은 충분할까, 술 가게 야베 씨가 정시에 배달을 왔을까, 그런 생각을 한다. 그런 때도 늘 귓가에 고기가 지글지글 익는 소리가 기분 좋게 흐른다.

그런 걸 저주나 집착에 얽매여 있다고 생각하기는 간단하다.

하지만 그 소리나 피어오르는 김 속에는 뭔지 모를, 예쁘고 마음이 푸근해지는 특별한 것이 있다.

미야사카 씨는, 어머니를 떠나보내고 지금 어떤 기분일까.

그 서점의 책 냄새 속에 서 있는 것이, 내게 주주 소리와 같은 의미라면 좋겠는데, 그렇게 생각했다.

사랑을 하는 사람은 이 정도 선까지는 순수한 생각을

품고 있네, 하고 생각했다. 오직 상대를 감싸는 빛, 어디서 어떻게 어긋날지 모르지만, 그때 어떻게 수습하느냐에 따라 우리 엄마와 아빠처럼 끝까지 갈 가능성도 있는 남녀의 빛.

유코 씨 말대로, 나는 사랑에 빠진 것 같았다.

사랑할 때의 상태는, 그렇지 않을 때는 절대 기억나지 않는다.

가슴속에서 달콤한 증기가 피어오르는 듯한. 그것이 자신의 걸음걸이도 생각도 표정도 모두 지배하는 듯한.

"오늘, 이 가게를 팔라는 얘기가 있었어."

그날 밤, 가게 뒷정리를 할 때 아빠가 불쑥 말했다.

"뭐?"

나는 말했다.

신이치는 암울한 표정으로 식기세척기에 접시를 집어넣고 있었다.

"여기랑 길가에 있는 야마카와 씨 집이랑, 앞길에 있는 두 채를 매입해서 빌딩을 짓고 싶다면서. 야마카와 씨는 벌써 좋다고 대답했으니 우리만 남았다고 하던데, 야마카와 씨가 좋다고 한 것과 우리 가게가 무슨 관계가 있는지 모르겠군. 그런 사람들의 논리를 나는 전혀 모르겠어."

"어떻게 할 건데?"

내가 물었다.

"버틸 수 있는 데까지 버티는 수밖에 없겠지. 아무튼, 팔지 않을 생각이다."

아빠가 말했다.

아빠는 여러 말을 하지 않았지만, 돈 때문에 버티는 게 아니라는 것은 충분히 알 수 있었다.

"우리 가게를 못 사들이면, 그러다 빌딩 세울 장소를 옮길 테지."

아빠가 침착하게 말해서 나도 조금은 불안이 가셨지만, 그런 일이 바로 코앞까지 닥쳤구나, 하고 생각했다.

언젠가 없어질지도 모른다고 생각하는 순간, 이곳에서 지낸 모든 날들이 반짝반짝 빛나 보였다. 이 가게에는 엄마의 흔적도 아직 많이 남아 있다. 안채와 가게와 신이치의 오두막이 좁은 부지 안에 오밀조밀 들어 서 있기 때문에, 만약 새로 짓는다 해도 건축 기준법에 걸려 똑같이 지을 수 없다는 것은 알고 있고, 언제까지 변하지 않는 것은 없다는 사실도 알고 있었다. 하지만 가능하면 오래, 천천히, 하고 생각한다.

땅값이 올랐다는 얘기는 사방에서 나쁜 소문처럼 밀려오고, 새 지하철역이 생기는 탓에 아파트가 우후죽순 격으로 서고 있다. 사람들도 점차 쏟아져 들어오고 있다. 싼 햄버그와 스테이크 체인점이 언제든 우리를 위협하고 있다.

"혹시 이사를 하게 되면, 가게도 집도 작게 줄이면 되니까."

아빠가 말했다.

신이치도 잠자코 고개를 끄덕였다.

이 두 사람이 나를 지켜 주니, 가능하면 웃는 얼굴로 지낼 수 있는 장소를 주고 싶다, 늘 그렇게 생각한다.

"유코가, 이사 같은 걸, 할 수 있을까요?"

신이치가 말했다.

"할 수야 있겠지만, 힘들어 하겠지."

아빠가 말했다.

"그래서도 최대한 이 동네에 있고 싶은데."

신이치가 말했다. 아빠는 고개를 끄덕였다.

얘기가 잘 통하는 사람들이네, 하고 감탄했다. 군더더기가 없다고 할까, 예리하다고 할까.

"오빠, 나 유코 씨 만나고 왔어."

신이치와 밖에 나가 가게 앞을 정리하고 청소하면서, 그렇게 말했다.

간판의 불을 끌 때면, 인생이 한 번 끝난 기분이 든다. 매일이 그랬다.

"반가워했겠군."

신이치가 싱글거리며 말했다.

"유코 씨, 여전히 표정이 좋더라."

"그 사람, 너를 좋아하니까."

신이치가 웃으면서 말했다.

"너랑 아버지가 있어서, 그 사람들이 좋은 사람이라고 생각해서 신이치 씨와 결혼했다는 말을 늘 들어."

"무슨."

나는 웃었다.

얘기를 나누면서도 우리 둘은 언제나 손을 움직인다, 그런 게 무척 좋다고 생각한다. 테이블을 닦고, 냅킨을 보충하고, 포크와 나이프를 가지런히 정리한다. 가게를, 마음을, 너덜너덜하게 지친 몸과 유난히 맑은 마음으로.

　매일 이렇게 흔들림 없이 지낼 수 있게 된 것은, 아빠와 엄마가 이 장소를 반듯하게 해 주었기 때문인지, 이런 사람들에 에워싸여 있기 때문인지, 나는 모른다. 혹은 더 큰 힘이 작용하고 있기 때문인지.

　간혹, 무언가에 감싸여 있는 듯한 느낌이 들 때가 있다. 엄마는 아니고, 더 크고 먼 것. 매일 손을 움직이지 않으면 절대 알아차릴 수 없는 그 느낌은 아련하고 상쾌한 공기로 처음 찾아온다. 개가 코를 발름거리듯 킁킁거리며 더듬어 가면, 위쪽에서 그걸 느낄 수 있다. 그것은 위쪽에서 내려오는 것 같은데, 왜 그런지 안쪽에도 같은 움직임이 있다. 그리고 무언가 커다란 것이 나를 포근하게 감싸고 있다는 것을 안다.

　그때, 어둠 속에서 불쑥 사람의 그림자가 나타나 나와 신이치는 깜짝 놀랐지만, 바로 알았다.

　"뭐 하러 온 겁니까?"

　신이치가 물었다.

　"아니, 잘 지내나 좀 보려고. 이 근처에 온 길에."

회색 재킷을 입은 그 칙칙한 아저씨는 싱글싱글 웃으면서 그렇게 말했다. 신이치의 친아버지였다.

"신이치 너도 신세를 지고 있고 하니까, 가끔은 얼굴을 보일까 해서."

신이치의 아버지는 신이치와 엄마를 버리고 집을 나간 후, 교통사고를 당해서 치과를 계속할 수 없게 되었다. 그때 이미 아파트도 있었던 데다 받은 보험금 액수도 상당해서, 지금은 구의 지원금으로 그럭저럭 생활하고 있다고 들었다. 당시 함께 살았던 여자는 벌써 떠나버렸고, 지금은 혼자 사는 듯하다.

"남은 햄버그가 좀 있는데, 괜찮으면 좀 드시겠어요?"

내가 말했다. 가게 문은 이미 닫았지만, 아직 손님이 몇 명 남아 있었다.

"그런 말 할 필요 없어. 얼굴 보러 왔을 뿐이라고 했으니까."

신이치가 말했다. 그의 이런 면은 어린애 같다고 생각한다. 어쩔 수 없잖아, 아버지인데. 그러나 그가 지금까지 겪어온 일들을 생각하면 당연하게도 여겨진다. 그러니 아무 말도 할 수 없다.

"미쓰코 씨 아버님도 뵙고 싶으니, 그럼 조금만……."

신이치의 아버지가 말했다.

닳아빠진 구두 굽, 스타일도 오래전 것인 데다 너저분하고 볼품없는 셔츠가 슬펐다. 원래는 차림새에도 신경을 쓰고 다소는 위세도 부렸을 사람이라고 생각하자 더더욱 슬프다. 다만, 가게와 사람들이 하는 일이 수시로 바뀌는 이 동네에 살다 보니, 이런 일을 흔히 보기에 익숙했다. 유복한 사람들이 많이 모여 사는 지역이 아니기 때문이다.

"여, 소이치 씨. 오랜만입니다."

아빠가 말했다.

"실례가 많습니다."

신이치의 아버지는 제일 구석 자리에 의자를 요란하게 당기며 앉았다.

돈을 치를 생각은 없는데, 안 치러도 되겠지? 하는 소리로 들렸다. 그의 어깨와 각진 허리의 느낌이 신이치와 비슷했다. 뒤에서 언뜻 보이는 볼의 느낌도 똑같아서, 애처로웠다.

신이치는 언짢은 기색이었지만, 태도는 결코 냉담하지

않았다. 그는 뚱한 표정을 하고 아버지와 마주보는 자리
에 삐딱하게 걸터앉았다. 그 모습이 마치 자기 아버지의
비참한 분위기로부터 우리를 지키려는 듯이 보였다.

내가 물컵을 내려놓고, 아빠에게 가서 햄버그를 만들
라고 하려 했더니, 아빠는 벌써 햄버그를 빚어 놓고 철판
을 데우는 중이었다.

한 쌍 남아 있던 마지막 손님이 계산을 치르고 나가
자, 우리만 남았다. 나는 바깥 불을 끄러 나갔다. 간판을
쓱 닦고, 들어 올려 안에 들여놓는다.

신이치 아버지는 늘 이렇게 잊을 만하면 찾아온다.

불쌍한 작은 동물처럼 움츠리고, 찾아온다. 아버지,
신이치 오빠가 원하는 건 언제나 딱 한 가지예요! 오기가
되었든 뭐가 되었든 아무튼 실천하면 바로 이뤄지는 거
라고요. 나는 그의 어깨를 흔들며 그렇게 말하고 싶지만,
사람은 바뀌지 않을 테니까, 아무 말 않고 있다.

그는 옛날에 산, 앞이 뾰족한 가죽 구두를 다리를 덜
덜 떠는 것처럼 흔들고 있다. 그때는 값이 비쌌겠지만 지
금은 너덜너덜하다. 음악이 끊긴 가게 안에 햄버그가 지
글지글 익는 소리가 흘렀다.

다 구워진 것 같아 내가 카운터로 가자 "아빠가 가져가마." 하면서 아빠가 햄버그 접시를 들고 카운터 안에서 나왔다. 나는 밥과 된장국을 들고 뒤를 따랐다.

"우리가 다른 건 없어도 햄버그 하나는 언제든 넉넉하게 있으니까 말이죠."

아빠가 말했다. 신이치의 아버지가 조금 웃었다. 이런 때 아빠는 신이치의 아버지를 돈으로 견제하지 않는다. 늘 그 점을 자랑스럽게 생각한다. 그저 상대가 부담을 갖지 않도록 그렇게 말할 뿐이다.

가끔 돈은 없는데 먹고 싶어 도저히 견딜 수 없었다는 손님이 찾아와 밥을 먹을 때도, 아빠는 똑같은 말을 한다.

그런 때, 아빠는 참 인품이 좋은 사람이라고 생각한다.

"잘 먹겠습니다."

가게 안에 음식을 먹는 사람이 있을 때는 절대 청소를 하지 않는 것이 우리들 몸에 밴 가르침이다. 신이치도 그 가르침이 몸에 배어 있어, 아버지 옆에 그냥저냥 앉아 있었다. 그게 신이치가 보여 줄 수 있는 최대한의 정이라는 것이, 내게도 전해졌다. 신이치의 아버지는 자기 하나만으로도 버거워서, 신이치의 정이 전해지기는커녕 햄버그 맛

　　　　　　　　　　　　　　　주주

조차 절반은 느끼지 못할 것이다. 그 점은 아쉬웠다.

이상의 세계, 내가 상상하는 꿈의 나라에서는, 신이치의 아버지는 싸구려라도 좀 더 청결하고 간소한 옷을 입고 있다. 신발도 구두가 아니라 스니커즈를 신고 있다. 신이치를 똑바로 보고, 일하는 모습을 자랑스러워하고, 의자에도 꾸부정하지 않게 반듯이 앉는다. 햄버그도 천천히 맛을 음미하며 먹고, 맛있다고 말해 주고, 돈도 정확하게 치르려 하고, 지금까지 미안한 일이 많았지만 늘 신이치를 생각하고 있다는 분위기를 온몸으로 풍긴다.

그러나 이곳은 모두가 안 되는 일조차 마음대로 선택할 수 없는 현실 세계라서, 꿈은 이뤄지지 않는다.

차분하지 못하게 허겁지겁 햄버그를 먹는 아저씨에게서, 눈앞에 있는 청년과 별 인연이 없게 여겨지는 모습이 보일 뿐이다. 신이치는 그 실망감을 시간을 두고 곱씹고 되새기는 것이야말로 정이라고 생각한다는 걸, 오래 알고 지내는 나는 안다. 그것도 신이치의 마음속에서 나온 행동이 아니라, 우리 아빠와 엄마를 보면서, 이런 인간이고 싶다고 배운 것이리라.

우리 아빠와 엄마는 성실하게 가게를 꾸려 나가는 것

외에는 달리 내세울 수 있는 게 없는 사람들이지만, 절대 음식을 부산하게 먹지 않고, '가능하면 조금이라도 많이 받고 싶다.'는 마음을 밖으로 드러내는 일도 없다. 상점가의 추첨 이벤트에서 값비싼 과자가 당첨되면, 뒤에 줄 선 아이들에게 바로 나눠주는 사람들이었다.

멍하니 그런 생각을 하고 있는 동안, 신이치의 아버지는 마치 아무 맛이 없는 음식을 먹는 것처럼 햄버그와 밥과 된장국을 와구와구 입에 쑤셔 넣고, 깨끗하게 접시를 비우고는 잘 먹었습니다, 하고 말했다. 신이치가 고개를 끄덕였다.

"신이치, 며늘아기는 잘 있냐?"

신이치의 아버지가 물었다.

"응, 여전해."

신이치는 작은 소리로 중얼거리듯 대답했다.

"요즘에는 사고 후유증으로 시력이 떨어져서 신문도 잘 보이지 않으니, 구직란을 꼼꼼하게 보는 일도 없다. 그래서 방에서 그저 텔레비전 보면서 지내는 날이 많아."

신이치의 아버지가 말했다.

신이치는 잠자코 고개만 끄덕거렸다.

"매일 아침 일찍 일어나는 거 하나는 유념하고 있어. 팍팍한 세상이라, 느긋하게 할 수 있는 일도 없지만. 그저 밤에 싸구려 와인 한잔 하는 게 최고의 낙이다."

신이치 아버지가 그렇게 말하자, 신이치는 또 잠자코 고개를 끄덕였다.

"네가 살고 있는 아파트, 집세가 어떻게 되냐?"

"한 달에 12만 엔."

"그래……아주 좋은 집인가 보구나. 나는 어림도 없겠어. 지금 사는 집도 조만간 이사를 해야 하니, 어디 싼 아파트가 있으면 가르쳐 주면 좋겠구나."

이것도 늘 오가는 대화였다. 화살표는 늘 한 방향을 향하고 있다.

옛날에는 언제 신이치가 폭발할지 몰라 조마조마했지만, 결혼한 후로는 이런 일에 일일이 전전긍긍하지 않는다. 지켜야 할 것이 생겨 모가 깎인 것이리라.

"가령, 철거할 물건이라 앞으로 몇 년은 집세가 거의 들지 않는다든지, 그런 집이 있으면 가르쳐 주지 않으련? 그럼 지금 사는 집을 팔고, 그런 곳으로 이사하면 한동안은 그럭저럭 지낼 수 있을 것 같은데."

"음…… 이제 그만 가시죠. 미안하지만, 가게 문을 닫아야 해서."

신이치가 말했다.

"알았다, 잘 먹었어."

신이치의 아버지가 자리에서 일어나자, 신이치는 주머니에서 몇만 엔을 꺼내 아버지 손에 쥐여 준다.

이번에는 정말 받지 않기를. 미간이 아플 정도로 빌지만, 그는 번번이 받는다.

몇만 엔을 건네는 것은, 몇 년 전까지 아빠가 하던 일이었다. 아들을 맡겨 주었고, 그 아들이 가게를 잇기까지 해 주었으니 고마운 마음에 그러는 것이라고 했다. 게다가 쪼들려 보이지 않니? 매일 오는 것도 아닌데, 왔을 때라도 밥을 먹고, 용돈 좀 쥐어 주는 게 뭐 어떠냐. 그저 핏줄일 뿐이라고 해도, 부모는 부모니 몰아세우면 안 되지, 하고 아빠는 말했다.

신이치가 우리 가게에서 일하기 시작하고 얼마 안 되어, 신이치가 아빠에게 딱 잘라 말했다. "앞으로는 제가 드릴 수 있는 범위에서 드릴 테니, 아저씨는 돈을 주지 마세요."

주주

신이치의 아버지는 받은 돈을 주섬주섬 주머니에 집어넣고, 아빠에게 인사하고는 터벅터벅 돌아갔다. 가을의 맑은 공기 속, 일요일 밤의 나른하고 조금은 쓸쓸한 세계 속으로 사라져갔다.

후우. 신이치가 한숨을 쉬었다.

"이제 이 시나리오에도 신물이 나는군."

신이치가 그런 말을 툭 뱉었다. 알 것 같은 기분에, 나도 고개를 끄덕였다.

아빠는 아무 일도 없었던 것처럼 계속해 뒷정리를 했다. 그런 인상의 아저씨나 아주머니를 만나면 아빠는 "누구든 살다 보면 궁지에 몰리는 법이야, 몇 번이든." 하고 말했다.

우리 가게도 처음 삼 년 동안은 파리만 날려서 엄마와 둘이 보드 게임을 하며 놀았어. 미쓰코 네가 생기고부터 갑자기 손님이 들이닥치기 시작해서, 엄마는 이 아이가 복덩이라고 말하곤 했지.

그때가 그리운 듯 눈을 아련하게 뜨고서 아빠는 늘 그렇게 말했다.

그런 사람도, 언젠가는 변하나? 하고 내가 물으면 그

런 기대를 하면서 뭘 해 주느니, 차라리 안 하는 편이 낫지, 하고 아빠는 말한다.

그리고 묵묵히 작업을 시작한다. 그 작업은 언제나 똑같은 톤으로 진행된다. 집에 돌아가면 한 손에 맥주잔을 들고 다다미 위에서 뒹굴기만 하는 아빠. 어이가 없을 만큼 촌스럽고 달달한 옛날 곡이나 컨트리 송을 방방 틀어 놓는 평범한 아저씨지만, 가게에 나가면 늘 뭔가를 한다. 내면의 무언가를 갈고닦기 위한 꾸준한 동작. 도장의 마룻바닥을 걸레질하는, 무도(武道)에 몸담고 있는 사람들 같은 느낌.

나는 아빠에게 그런 장인적인 요소는 뭐 하나 물려받지 못했고, 고기를 굽는 기술도 친구들과 갈비구이 집에나 가야 칭찬을 듣는 정도지만, 엄마에게는 성화(聖火)를 이어 받았다고 느낄 때가 있다.

그것은 딱 살라미처럼 생기고 또 색감도 그런 성화다.

솔직하고, 그 자리를 즐겁게 하는 것. 사실은 힘들어도, 인생을 물놀이를 하듯 헤쳐 나가는 척하는 것. 괴로워 보이는 사람에게도 명랑하게 인사하고, 반짝거리는 것을 발산하는 것.

그래서 모두의 얼굴이 그 빛에 밝아질 때, 아, 엄마 앞에 있는 사람들 표정이랑 똑같다는 생각이 들고 가슴이 조금 따스해진다. 받고 있다, 남아 있다.

오전이 거의 끝나갈 무렵 그 앞을 지나갔는데, 북스 미야사카는 벌써 문이 열려 있었다. 지금까지도 간혹 커피를 마시러 들렀다가 선 채로 아주머니와 얘기를 나누곤 했다. 아주머니가 돌아가셔서 그 안쪽 코너도 없어졌나 했는데, 그렇지 않은 것 같아 다행이었다. 런치 타임 이후에는 기름 냄새가 너무 심하게 나서, 예전에는 낮에 서점에 들어가기가 꺼려졌는데 지금은 괜찮다.

나는 하얀 국화로 꾸민 조그만 꽃다발을 들고, 자동문 안쪽을 살며시 들여다보았다.

안에서 미야사카 씨가 커피를 능숙하게 끓이고 있었다. 아저씨는 물품 반입 때문에 없는 것 같았다.

"들어오세요."

안에서 미야사카 씨가 말했다.

"안녕하세요."

나는 인사하고 꽃다발을 건넸다.

"아주머니 영정 앞에 바쳐 주세요."

"감사합니다."

미야사카 씨는 똑바로 쳐다보며 그렇게 말했다. 나는 얼굴이 달아오르고, 혹시나 기름 냄새가 나지는 않는지 갑자기 거슬렸다.

"가게란 게, 참 힘드네요. 슬플 때도 아무튼 문을 열어야 하니까 말이에요."

나는 말했다.

"그래도 이렇게 나와 있는 편이 좋습니다. 어머니의 전부인 곳이기도 하고. 그러니까, 이 꽃다발도 여기다 놓는 게 어떨지."

미야사카 씨가 말했다.

나는 고개를 끄덕였다.

미야사카 씨는 선반에서 꺼내 온 값비싸 보이는 동그랗고 하얀 꽃병에 물을 받아, 꽃다발을 꽂았다.

"꽃병이 예쁘네요."

"이것도 어머니가 좋아했던 백자 꽃병. 그렇게 좋은 것은 아닌 듯합니다."

미야사카 씨가 말했다.

"나는 모르겠는데요. 우리 집 꽃병은 미즈호 은행에서 받은 거라서."

"좋잖아요."

미야사카 씨가 약간 웃었다.

계속 그렇게 웃어요, 이제 저번처럼 울지 말아요, 하고 나는 생각했다.

하지만 그렇지 않다는 것도 알고 있었다. 매일 밤 울고 있으리라. 눈가가 부어 있으니까. 나도 그랬기 때문에 잘 안다. 집 안에 있는 뭘 봐도 번번이 눈물이 넘쳐흐르는 시기다.

미야사카 씨를 위로해 주고 싶은 것은, 그 무렵의 자신을 위로하는 것이기도 했다. 나까지, 부모를 잃은 허탈함에서 조금은 헤어나기 시작한 듯한 기분이 들었다.

서점 안에는 나직하게 클래식만 내보내는 유선 방송이 흐르고, 종이의 좋은 냄새가 났다. 향기로운 커피 향도 나고, 보글거리는 커피 메이커 소리도, 행복한 울림이었다. 우리 집처럼, 이 집도 어머니가 남긴 것을 유지하고 있다.

"어떤 책을 좋아하죠?"

내가 물었다.

"사진집이라고 할 수 있을까. 나, 옛날에 사진 전문학교를 다녀서 카메라맨이 될 생각이었어요. 나가노에 있을 때도 사진관에서 일하면서, 다양한 가족의 사진을 본격적으로 찍었습니다."

그가 말했다.

"그 지식이 서점에도 틀림없이 도움이 될 거예요."

나는 말했다.

손님이 안 왔으면 좋겠네, 아저씨도 좀 더 있다 오고, 하고 생각했다. 지금 둘 사이에 흐르는 아름다운 흐름을 계속 보고 싶었다.

"커피 좀 드시죠."

내민 종이컵에 담긴 커피는 뜨겁고, 정말 맛있었다.

"맛있네요. 이거 어디 원두예요?"

내가 물었다.

"역 근처에 있는 원두 가게의, 브라질."

"우리도 이걸로 하자고, 아빠에게 말해야지."

나는 말했다. 의자가 높아서 다리를 덜렁거리며.

"좋은데, 그 다리."

미야사카 씨가 말했다.

"길고 가늘고, 남는다는 느낌이 들어서 왠지 귀여워."

그런 말을 하는 사람으로는 보이지 않아서, 나는 또 얼굴을 붉히고 말았다. 어쩌면 말도 안 되는 플레이보이인 것일까. 얇은 목도리에 얼굴을 묻어 발그레한 볼을 숨기려 했지만, 미야사카 씨의 눈에는 고스란히 비칠 듯한 느낌이 들었다.

독신에 건물을 갖고 있고, 서점도 물려받을 것이고, 사진을 잘 찍고, 지적이고, 앞으로는 늘 서점에 있고…… 반갑지만, 보나마나 인기가 많을 테지. 그리고 서점에서 같이 일해 주는 여자가 좋을 텐데. 하지만 내게는 주주가 있다.

내 멋대로 조금 풀이 죽어 있는데, 손님이 들어왔다.

책을 주문해 놓았던 그 할머니를, 미야사카 씨는 말은 많이 안 해도 공손하게 대했다. 예를 들어 할머니에게 책을 건네면서 그 다음 일을 하려고 한눈을 팔거나 하지 않는다. 빨리 책값을 지불하라는 식으로 계산대 앞으로 가지도 않는다. 그 움직임이 미야사카 씨 어머니와 비슷했다. 이 사람도 부모에게 성화를 물려받았나 보네. 그것은 눈에는 보이지 않아도, 절대 꺼지지 않는 불이지. 그렇게 생각하고 나는 커피를 다 마신 다음 만족스러운 기분으로 잡지를 한 권 사들고 서점에서 나왔다.

이 충족된 기분은 뭘까, 하고 생각하면서. 전에는 느껴본 적 없는 기분이었다. 무언가가 처음으로 둥글둥글해진 느낌. 아무리 힘들어도 괜찮으니까, 가능하면 이 둥글둥글함을 깨뜨리고 싶지 않다, 가능하면 오래. 그렇게 생각했다.

아빠는 늘 그런 것처럼 거실에서 맥주를 마시면서 왕왕 울리는 컨트리 송을 듣고 있었다. 아빠의 유일한 사치품, 뱅앤올룹슨 오디오 세트 앞에서 행복한 표정으로. 아빠가 이 물건을 일시불로 사 왔을 때, 엄마가 바닥 수리가 우선이라며 화를 냈던 일도 그립다. 화가 난 엄마의 땋은 머리가, 정말 살라미처럼 거꾸로 치솟을 것 같아 나도 모르게 웃음이 나왔다. 그런 나를 본 엄마는 할 수 없지 뭐, 아빠의 유일한 낙이니까, 하며 용서했다.

나는 목욕을 하고 나와 잠옷을 입고 젖은 머리에 수건을 단단히 감은 채, 맨발로 서성이고 있었다. 맨발로 있으면 추운, 그런 계절이다. 사랑에 빠졌으니 얼굴에 팩도 하고 머리에는 트리트먼트도 바르고 발도 각질제거를 하고, 나는 여느 때보다 반짝거렸다.

"그 머리, 엄마랑 똑같구나."

아빠가 말했다. 약간 울상 지은 얼굴로.

아빠가 그렇게 울 줄은 몰랐다. 남자답게 꾹 참을 줄 알았다. 실제로는 병원에서부터 출관할 때까지 계속 엉엉 울었다. 아빠가 망가지는 건 아닐까 했다.

"이렇게 감는 거, 엄마에게 배웠으니까 그렇지. 단단하고 조그맣게 감는 게 요령이야. 너무 높게 감으면 무거우니까."

나는 애틋한 기분으로 말했다. 엄마는 일부러 입을 벌리고 히죽 웃으면서, 어린 나와 신이치의 머리에 이렇게 수건을 둘둘 감아 주었다. 나도 언젠가 내 아이에게 그렇게 해주고 싶다.

"그런 건, 남겨 줬으면 좋겠구나."

아빠가 말했다.

"그리고, 자리는 좀 바뀌는 것 같지만 건물이 서는 모양이다, 바로 옆에. 햇볕을 가리지 않으면 좋을 텐데. 가게도 쉽지가 않겠지."

"뭐? 그럼 이웃집이 다 없어진단 말이야? 다들 단골인데."

나는 말했다.

"아니, 새로 서는 건물 몇 층인가에 들어가 산다더라. 그 덕분에 우리를 끌어들이지 않아도 건물은 서는 것 같으니 당장은 모면했지만, 뒷집도 어르신 혼자 살지, 그 뒷집은 주상 아파트지, 언제 또 그런 얘기가 나올지 몰라. 우리야 땅이 우리 거니까 그나마 괜찮지, 다른 집은 땅주인이 따로 있으니. 건물에 빙 둘러싸여서 가게가 보이기나 할지 모르겠다. 뭐 우리도 지금은 단 둘이니까 이렇게 넓을 필요가 없지. 절반을 팔아서, 이 주변으로 이사를 하는 게 좋을까. 좀 좁아도."

아빠는 별일 아닌 것처럼 말했다. 나는 그 말투에 한없이 안도했다.

그렇게 풀이 죽어 있으면서도, 가게를 접겠다는 생각은 조금도 하지 않는 아빠의 듬직함에. 풀이 죽었으면 죽은 나름으로, 견디면서 할 수 있는 일을 하는 강인함은 아빠에게 받았다.

"정말 짜증나는구나. 더러운 건물과 거기에 살던 더러운 사람들을 싹 몰아내고, 새 건물을 지어 외부에서 사람을 불러들이고, 다 똑같은 재미없는 가게만 들어오고. 점심때는 그 재미없는 가게에서 가게 사람들과 한마디도 하지 않고 밥만 먹고. 뭐가 좋은 건지 모르겠구나. 아빠 세대는 잘 모르겠어."

아빠가 말했다.

"나도 모르겠어. 인간이 그렇게 해서 바뀌는 건가 싶네."

내가 말했다.

"돈 때문에, 본의 아니게 변하게 되는 거겠지."

아빠가 말했다.

"이 집도 가게도, 엄마 추억으로 가득한데."

나는 거의 울먹이며 말했다.

"괜찮다, 엄마가 남긴 게 사라지는 건 아니야."

아빠가 말했다.

"각오는 해 둘게."

나는 말했다.

"그래도 최대한 버텨, 아빠. 여자는 둥지가 중요해. 엄마는 이곳을 소중히 아꼈으니까, 나도 그러고 싶어."

아빠는 고개를 끄덕였다.

"다만, 지금은 좀 힘들구나. 매일 이 집을 견디기가 버거워, 엄마가 없어서. 그래도 네가 그렇게 말하니, 남기는 쪽으로 가자꾸나. 팔아버리고 잊고 싶은 심정도 있지만, 그러기도 귀찮고."

옛날에 건달이었다는 아빠는 오래 고민하지 않는다. 한 번 결정하면 그것으로 끝이다. 엄마가 그런 아빠 성격을 듬직하게 여기는 한편 미진하게 여겼다는 것도 나는 알고 있다.

"시간이 좀 나면, 가루이자와에 가고 싶구나."

아빠가 불쑥 말했다.

"죽기 전에, 엄마가 가고 싶다고 한 곳이 호시노야라는 고급 여관이었어. 며칠 계속해서 묵지 않으면 손해를 보는 곳이고, 휴가가 없는 처지다 보니 결국 가지 못했지만, 엄마는 그 여관의 날다람쥐 투어에 참가해서 날다람쥐를 보고 싶었대. 팸플릿까지 보내 달라고 해서, 신청하려고 했는데. 여기."

아빠는 텔레비전 옆에 잡다하게 끼여 있는 팸플릿에서 그 책자를 단번에 꺼냈다. 엄마가 돌아가신 후에 몇 번이나 후회하면서 바라보았으리라.

"엄마답네."

여관의 호화로움보다, 요리보다, 날다람쥐 투어에 끌린 엄마가 너무 가깝게 느껴지고 그리워서, 나는 후후 웃었다.

그리고 생각했다. 최근에 비슷한 얘기를 들은 것 같은데. 그리고 알았다. 미야사카 부부가 해마다 간다는 곳이 틀림없다. 얘기가 알게 모르게 이어지는 일은 종종 있다.

"아무튼 엄마는 동물을 좋아했어. 엄마랑 첫 데이트할 때 어땠는지 아니. 이상한 가게로 데리고 갔어. 나카노에 있는, 이상한 동물만 있는 가게. 타란툴라도 있고 산 쥐를 먹는 부엉이에 잠자는 나무늘보 같은 동물만 있으니, 아빠는 졸아서 움직이지도 못하고 속으로 조마조마해했는데, 엄마는 가게 사람이랑 얘기도 하고, 정말 이상하게 생긴 곰 같은 동물에게 손을 내밀어 뭘 주기도 하고, 방실거리면서 얼마나 행복해 보이던지. 이상한 여자라고 생각했지만, 그렇게 좋아하는 얼굴을 보면 모두가 홀딱 반할 거다. 아무리 추운 날에도 우에노 동물원에 가자고 조르는 데에는 대책이 없었지만.

그 여관이 온천물도 좋고, 자연을 체험하는 프로그램도 있고 해서 북스 미야사카의 부인이 엄마에게 가 보라고 권했대. 아차, 그 사람, 돌아가셨지. 어째 이 부근도 점점 썰렁해지는구나."

아빠가 말했다.

"그래도 아빠는 살아 있고, 아직도 한참 더 살았으면 좋겠으니까, 우리 엄마 기일에 거기 갈까? 저금해야겠네."

내가 말했다.

해마다 며칠 동안 고급 여관에 묵는 가족의 아들이라…… 사는 세계가 다르네, 그렇게 생각하자 조금 슬펐다.

그의 서점에 있는 사진집은 보통 한 권에 만 엔이 넘는 것들이다. 영어책도 많다. 그는 그런 책을 술술 읽으리라. 있는 장소가 다른데, 좋아해서는 안 되는 건지도 모른다. 서늘한 바람을 맞는 기분으로 그렇게 생각했다.

같은 인간인데, 왜 있는 장소가 다른 걸까. 바로 이웃인데.

나는 스테이크 가게의 딸이라는 것이나 학력이 소소하다는 것을 단 한 번도 수치스러워한 적이 없지만, 다르다는 것이 조금은 마음에 걸렸다. 이런 게 사랑이지, 하고 생각했다. 다르니까 좋아하게 되는데, 달라서 닿지 않는다.

그런데도 오후의 자유로운 시간이면 일주일에 몇 번은 북스 미야사카에 가는 것이 습관이 되었다. 원래 책을 좋아해서 산책 코스에 들어 있었기 때문에 자연스러운 느낌이었다.

우리 동네에서 나는, 신이치의 아이를 유산한 사람으로 유명했다. 산부인과도 근처였으니까.

그래서, 아무것도 두렵지 않았다.

내가 연애를 하게 되리란 것은 누가 봐도 뻔했을 것이다.

그리고 그가 나를 사랑하게 되리란 것도.

둘이서 커피를 마시고, 서로가 좋아하는 책을 빌려 주고, 신간 코너에서 책을 고를 때 흐르는 팽팽하고 애틋한 공기는 커피보다 한결 좋은 향이었다. 그의 헝클어진 뒷머리를 볼 때마다, 손으로 살며시 빗어 주고 싶어진다. 그의 스웨터에서는 햇볕 쬐는 강아지 같은 좋은 냄새가 났다.

휴식의 한때를, 신이여 빼앗지 말기를.

햇볕이 유난히 잘 드는 장소에서 무수한 책장이 소리

없이 지켜주는 가운데, 둘의 얼굴이 반짝거리는 먼지 속에서, 빛이 닿기도 하고 그늘지기도 하는 장면을, 평생 잊고 싶지 않다고 생각했다. 이것이 사랑, 생활과 전혀 무관하고, 진전이 있는 것은 좋지만 무척 슬픈 것이다.

가슴이 터질 것 같아서 아무 생각도 할 수 없지만, 엄마는 사랑이 끝나더라도 줄곧 함께 있으면 훨씬 더 위대하고 너그러운 것에 감싸이는 사랑스러운 일상이 찾아온다고 말했고, 신이치도 비슷한 말을 하면서 생활하고 있고, 두려운 것은 전혀 없는데.

멋진 일이 기다리고 있다는 것을 알면서, 술에 취한 것처럼 사랑에 취해서, 많은 것으로부터 도망치고 싶었다. 피차 어머니를 잃었고, 소중한 사람이 빠져나간 구멍만 쳐다보고 있었으니까, 마치 힘겨운 등산을 하는 길에 잠시 꽃밭을 만난 듯한 엷은 행복에 잠겨 있고 싶었다.

그래서 하루에 딱 십 분만 만났고, 그것으로 충분했다.

엄마에게 말했다면 보나마나 "그런 소리 하는 사이에, 누가 홱 낚아채 가겠네, 행동을 해야지!"라고 말하리라.

엄마에게 연애 상담을 하는 것도 즐거웠다. 저 말이지, 그게 그때, 하면서 인기 많았던 시절의 추억담을 얘기하는 엄마는 볼이 발그레해서 마치 여학생 같았다. 같이 카펫 위에 누워서 턱을 괴고 발을 동동 구르면서 수다를 떨었다. 언제나 따끈한 음료를 옆에 놓고서, 아빠에게는 비밀로.

그런 생각을 하면 엄마가 너무 그리워서 또 가슴이 터질 것 같았지만, 그래도 최근에는 엄마의 모습을 떠올리면 그저 살며시 미소를 머금을 수 있게 되었다.

홀에서 일하다 지쳐 약간 어질어질할 때면 늘, '엄마도 이랬으니까, 이건 엄마도 지나온 길이야.' 하고 생각한다.

언젠가 죽는다는 것도, 그와 똑같은 길일 것 같다. 앞에 엄마가 있으니, 무섭지 않은 길이다.

유코 씨에게서 '병원에 갈 건데, 같이 가자.'는 전화가 걸려 왔을 때, 상당히 놀랐다. 신이치 본인에게, 유코 씨 몸에 여러 가지 문제가 있어서 아이는 생길 것 같지 않다는 말을 여러 번 들었기 때문이다.

"틀림없는 거야?"

내가 묻자,

"검사약으로 확인했어."

하고 유코 씨는 조그맣게 대답했다.

그래서, 아무튼 같이 병원에 가려고 약속을 했다.

　느티나무가 서 있는 병원 현관 앞에, 유코 씨는 겁에 질린 것처럼 창백한 얼굴로 서 있어, 정말 유령 같아 보였다.

　그 병원은 이 동네에서 가장 신뢰할 수 있는 선생님이 있고, 내가 갔던 산부인과이기도 해서, 갖가지 끔찍한 기억이 되살아나 현기증이 났다.

　그러나 무엇보다 집이 아닌 곳에 있는 유코 씨에게 놀란 바람에, 같이 휘청거리며 안으로 들어갈 수 있었다.

　뭘 하는 거지, 내가. 나는 여기에 좋은 추억이 없는데.

　까맣게 잊은 것처럼 행동하지만, 망가진 의자에 붙어 있는 테이프와 접수창구에 놓인 인형과 아기 침대가 있는 곳, 전부 가슴속을 찌르는 것처럼 아파 놀랐다. 당시의 내가 너무 멍했던 나머지 느끼지 못했던 아픔이, 어딘가에 소리 없이 보관되어 있었던 것처럼. 안감을 댄 예쁜 상자 속에 살며시 포근하게 누워 있었던 것처럼.

　유코 씨는, 평소처럼 어떤 유의 느긋한 자신감에 넘쳤지만, 그런데도 더 작고, 더 얇고, 평소보다 한층 평범해 보였다.

　그렇게 눈을 내리깔지 마, 슬픈 일은 하나도 없잖아.

그렇게 말하고 싶어지는 허망함이었다.

"나, 가끔 자신의 전생이 생생하게 보여."

대합실 의자에 앉아 있던 유코 씨가 너무나 뜬금없이 그렇게 말해서, 깜짝 놀라 말문이 막히고 말았다.

"왜 지금 그런 말을."

인조 가죽 소파에 조그맣게 옹그려 앉은 유코 씨가 말을 이었다.

"저 있지, 아주 오랜 옛날에 미얀마에 '코브라에게 키스할 수 있는 소녀'를 양성하는 학교가 있었어. 그 학교에 다니는 이 년 동안 소녀들의 5퍼센트가 죽는데, 더 안 좋은 건 졸업생의 평균 수명이 졸업 후 오 년 정도라는 거야. 하지만 사람들 앞에서 거대한 코브라에게 키스를 하면서도 물리지 않는 재주를 부리면, 벌이가 엄청나. 나, 거기에 있었어."

"그, 그랬구나."

나는 말했다.

"차가운 뱀에게 입맞춤하는 감촉도, 아뿔싸, 그만 실수를 해서 때가 와 죽어 가던 감각도 분명하게 기억해. 나, 그 학교를 졸업해서, 공연장의 꽃으로 벌이도 꽤 좋았고, 인기도 많았고, 그런데 역시 죽었어. 오 년 이상 힘내서 살았지만, 서른은 넘기지 못했어."

"지금 왜 그 얘기를 하는데?"

나는 눈썹을 찡그리며 말했다.

"긴장이 좀 풀릴까 해서."

유코 씨가 아무렇지 않게 말했다.

"풀리기는, 전혀."

"그런가."

유코 씨는 그렇게 말하고, 배를 쓰다듬었다.

"왜 그렇게 이상한 생각을 하게 되었는데?"

내가 물었다.

"어제, 꿈을 꾸었어. 지금까지도 몇 번이나 꾸었던, 아주 리얼한 꿈. 코브라는 귀엽고 좋아하니까 무섭지 않은데, 내가 언젠가는 실수를 해서 죽게 되는구나, 그렇다고 달리 할 수 있는 일은 없고, 어쩔 수 없지 뭐, 하는 느낌. 그래서 아까 인터넷에서 검색해 봤어. 그런 학교가 정말 있나 싶어서. 그랬더니, 있었어. 그래서 확신했어."

유코 씨는 담담하게 말했다.

"그랬다 쳐도, 참 슬픈 전생이네."

나는 말했다.

"그래도, 왠지 수긍이 가지 않아?"

유코 씨가 말했다.

"응. 솔직히 말해서, 너무 그럴 법해서 의심할 수 없을 정도야."

나는 말했다.

"그러나 아무튼 지금 이 부근에 코브라는 없으니까, 마음 편히 갖자."

그 말은 진심이었다. 내가 생각해도 대단했다. 처음부터 끝까지, 가장 격려가 될 말을 찾은 기분이었다.

"그래야지. 코브라는 없으니까."

유코 씨가 말했다.

유코 씨가 이런 인간이었다니, 몰랐다.

고민하거나 괴로워하고, 무서워하고. 그러지 않는 줄 알았다.

그때, 진찰실에서 들어오세요, 하며 유코 씨를 불렀다.

"무서워."

유코 씨가 그 차가운 손으로 내 손을 꼭 잡았다.

"괜찮아. 기다리고 있을게."

나는 말했다.

기다리는 동안, 나는 나 자신을 통제하느라 바빴다. 내 안에서 시간이 멋대로 오락가락해서, 숨이 막혀 왔다.

하지만, 당시 엄마가 같이 와 줬다는 걸 떠올리자, 눈물이 뚝 떨어지면서 무언가가 녹았다. 엄마는 내게 아이가 생긴 것도, 유산한 것도 아빠에게는 말하지 않았지만, 병원에 같이 와 주었고, 신이치와 함께 데리러 와 주기도 했다. 힘겨워하는 너 자신을 외면하면 안 돼, 하고 엄마는 말했다.

그리고 엄마와 둘이 언덕 위에 있는 절에 제를 올리러 갔던 기억도 떠올랐다.

"어쩔 수 없어. 지금은 아니었으니까."

제를 지내고 돌아오는 길에, 엄마는 팔을 위로 올리고 등을 쭉 뻗으면서 그렇게 말했다.

절에는 수국이 소복소복 피어 있었고, 그 선명한 색감에 마음이 푸근해졌던 기억도 났다.

"할 수 있는 일은 다 했잖아, 생각도 많이 했고."

"엄마도 이런 일, 있었어?"

내가 물었다.

"있었지. 아주 젊었을 때."

엄마가 대답했다.

"그야, 당연히 슬펐지. 마음은 안도해도, 몸은 슬퍼해. 아기가 조금 전까지 여기 있었는데, 하면서."

"애써 보려고 했는데."

나는 말했다.

"끝난 일이고, 이제 기다리지 않는 편이 좋을까, 신이치 오빠."

"한동안은, 제자리로 돌아오지 않을지도 모르지."

엄마가 말했다.

"이렇게 큰일을 치렀는데, 이겨 낼 수 있을지 어떨지는 아무도 모르고, 어쩌면 서로 다른 길을 가는 편이 좋을지도 모르지."

"엄마는, 내가 신이치 오빠랑 결혼하면, 좀 곤란해? 오누이 같은 사이인데, 기분 나빠?"

내가 물었다.

"아니, 안 곤란해."

엄마는 이가 드러나 보일 만큼 함박 웃으면서 나를 보

았다.

"네가 하고 싶어서 하는 결혼이라면, 엄마는 다 기뻐. 상대가 곰이 되었든 코끼리가 되었든."

"그래?"

나는 안심하고, 그리고 텅 빈 아랫배를 살살 쓰다듬었다.

"지금은 전부 백지로 돌리고, 그냥 마음 편히 지내. 우선은 공기를 듬뿍 마시고, 여유를 갖고."

엄마가 말했다.

"아이스크림이나 먹자. 인생에는, 그런 일도 있어."

엄마와 낯선 동네의 편의점에 들어가, 둘이 똑같은 소다맛 아이스크림을 사 들고 먹으면서 걸었다.

너무 많이 울었고, 세계가 다 끝나 버린 기분이어서, 이제 눈물은 흐르지 않았다. 무언가가 끝났을 때의 느낌만 떠다녔다. 가족끼리 보내는 시간의 즐거움, 어린 시절의 즐거움, 모두 변해 버렸고, 또렷하게 저물어 가는 저녁 하늘이 슬펐다.

엄마와 나는 손을 마주 잡고, 엄마가 좋아했던 이상한 노래를 같이 부르면서 걸었다.

어떻게든 어떻게든 되겠지~♬
너는 어떻게도 되지 않아~♬
너는 평생 지금 그대로~♬
바다에서는 고등어가 울고 있어~♬

노래를 하면 할수록, 더는 안 되겠다는 느낌이 들었다. 그런 느낌으로 보는 저녁 해는 유독 아름답고, 아이스크림은 입안에서 달달하고 차갑게 녹았다. 바로 얼마 전 생활로 두 번 다시 돌아갈 수 없다고 생각하자 그만 사라지고 싶었지만, 그렇게 암담한 느낌의 노래를 부르니 왠지 위로가 되었다. 괜찮아, 어떻게든 될 거야, 그렇게 생각할 수 있었다.

지금은, 엄마가 왜 그 노래를 즐겨 불렀는지 의문스럽다.

어떻게든 되지 않는 일은 없어 보였는데.

그리고 엄마는 왜 그렇게 열광적으로, 무슨 경전처럼 살라미의 만화를 읽었을까.

어떻게든 되지 않는 일들뿐.

그런 것이 인생.

그 말이 갑자기 내려 와, 나는 각오를 다졌다.

좋아, 그렇다면 그래도 좋아, 그러니까 더 잘 봐야지.
1밀리미터라도 저항해야지.

그런 엉터리 같은 노래를 흥얼거리면서, 살라미를 오른팔 삼아. 우리 대에서도 주주를 접는 일은 없을 거야.

그때, 처음 병원에 갔을 때부터 계속 엄마가 함께였다는 것을 왜 잊고 있었을까. 임신했다는 말을 했을 때는 "아직 책임도 질 수 없으면서, 둘 다 할 짓은 다 하고!" 하고 화를 내더니, 걱정이 돼서 줄곧 여기 앉아 있었다. 그때 엄마 엉덩이 모양을 떠올렸더니, 유리창에 딱 들러붙어 있는 단풍잎이 "지금은 지금이지."라고 말해 주는 것 같아, 기분이 가라앉았다.

그때 엄마는 화만 잔뜩 나 있는 줄 알았는데, 콧노래를 흥얼거려 깜짝 놀랐더랬다.

무엇보다 중요한 것은 아기야, 앞으로 올 생명이야.

그렇게 생각될 만큼 단풍잎 모양이 예뻤다.

그때 마침 미야사카 씨에게 문자가 왔다.

'누가 만주를 주었는데, 먹으러 오지 않을래요.'

그렇게 쓰여 있어, 맥이 풀렸다.

나는 지금 행복한 거네, 하고 생각했다. 전에 여기 앉아 있을 때보다 훨씬.

그때는 자신이 불행의 나락에 있다고 생각했지만 지금은 없는 엄마가 있었으니까, 그러니까 나는 언제든 행복한 셈이다.

나는 그대로 멍하니 창밖을 보고 있었다. 하늘을 올려다보며 히죽거리는 살라미처럼 기분 좋은 얼굴이었으리라.

진찰실 문이 열리고, 하얗게 질린 유코 씨가 두둥실 나왔다. 치맛자락이 하늘하늘, 식물처럼 흔들렸다.

"괜찮아?"

나는 일어나 유코 씨가 앉을 수 있도록 부축해 주었다.

"아, 현실 세계는 임팩트가 강하네. 기계도 그렇고, 의사의 손도 그렇고. 아, 너무 놀랐어."

유코 씨가 가는 목소리로 말했다.

"뭐래?"

"아기집도 있고, 심장도 생겼대."

유코 씨가 대답했다.

"축하해."

나는 말했다.

"미안하네."

유코 씨가 그렇게 말하면서 내 손을 꼭 잡았다.

"미안하기는. 조금도 미안하지 않아. 축하할 일이지!"

나는 그 말이 끝나자마자 신이치에게 문자를 보냈다.

십 분 후에 하얗게 질린 신이치가 휘청휘청 나타났다.

유코 씨는 말이 없었다.

신이치가 유코 씨의 어깨를 꼭 안아, 둘은 조그만 덩어리처럼 하나가 되었다. 자전거 뒷자리에 유코 씨가 올라타자, 둘은 그 모양 그대로 몇 번이나 내게 고맙다고 하고는 사라졌다.

힘내, 젊은 아빠와 엄마. 저래서 괜찮을까? 아니, 괜찮을 거야.

이 저녁 하늘이, 투명한 공기가, 샛별이, 돌아가는 길의 십오 분 동안에 두 사람을 아빠와 엄마로 키워 줄 것이다.

단풍나무 아래서 그들을 바라보며, 나는 얼굴을 빨갛

게 붉히고 생각했다.

뜨거운 차를 마시고, 만주를 먹고, 그가 바쁘면 책값을 받는 일이라도 도와줄까. 저녁 시간의 서점은 학교에서 돌아오는 학생들로 북적거린다. 책을 슬쩍 가져가는 학생이 있지는 않은지 지켜보기라도 할까. 나쁜 학교의 학생들보다 좋은 학교의 학생들이 책을 훔쳐가는 건 왤까? 그런 말을 미야사카 씨가 했던가.

이런 때, 갈 곳이 있어 다행이다. 그렇게 생각하면서 나는 북스 미야사카로 향했다. 바스락바스락 낙엽을 밟으면서 걸었다.

안녕, 나의 청춘. 그 가운데, 좀 슬펐던 부분이여.

그리고 새로운 멤버가 들어오면 자연스러운 흐름으로 새 역할이 생긴다. 가게 안에서 뛰어다니는 조그만 발소리를 듣게 되리라. 우리 햄버그를 먹고 자란 아이가 또 하나 늘어난다. 미래는 아직 보지 못한 반짝거리는 빛에 싸여 있고, 이러고 있는 동안에도 발효하고 있는 빵 반죽처럼 달콤하고 둥그렇게 부풀어간다. 엄마가 해 온 일은, 엄마가 죽어도 끝나지 않는다.

어떻게 이 멤버가 전부 모여 있는 것일까 싶어 불편해지는 저녁이었다.

오카와 씨가 광고 차원에서 잡지사의 취재를 청했는데, 그걸 구경하러 온갖 사람들이 모여 들었다.

주주에는 취재하려는 사람들이 곧잘 찾아온다. 변두리의 오랜 햄버그 맛집으로.

특히 전에 모델이었고 수더분하게 얘기도 잘하는 간판 격이었던 엄마가 있을 때는 종종 그랬다. 텔레비전 방송국의 카메라도 툭하면 나타났다.

그러나 엄마가 없어진 후로는 첫 취재였다.

살라미 같으면 예쁘게 차려 입고 모델로서의 자신을 어필할 장면이겠지만, 나는 그러지 못하니까 보통 때와 똑같은 옷을 입고, 화장만 꼼꼼하게 하고 가게에 나갔다. 신이치는 약간 흥분한 기색이었지만 아빠는 평소에 하던 대로 햄버그를 동글동글 빚었다.

활기차고 절도 있게 일하는 카메라맨과 조수, 강렬한 불빛과 반사판이 그 자리의 긴장감을 더하고 있었다. 오카와 씨도 평소와 달리 일하는 사람의 얼굴로 이런저런 지시를 내렸다. 인터뷰에는 말이 어눌한 두 사람을 대신

해 내가 응할 예정이었다.

그 와중에, 미야사카 씨가 별일 아니라는 표정으로 밥을 먹으러 들어와 약간 동요한 탓에 발이 한 걸음 앞으로 나가고 말았다.

우리 동네가 최고네, 이 멤버가 한자리에 한꺼번에 모이다니, 하고 자랑스러워졌다. 모두가 조금씩 이상하고, 실력이 부족한 것은 아니지만 한쪽으로 쏠려 있어 오히려 서로를 도울 수 있다.

우리는 수조 안의 물풀, 아니, 미생물처럼 서로 연결되어 한 생명을 이룬다. 그런 기분마저 들었다.

각자의 사생활, 갖가지 측면을 갖고 있으면서도 이어져 있고, 또 퍼져 나가고 있다. 무한히.

이 무한은 조그만 틈새 사이사이로 실은 한없이 확대되고 있어서, 밖에서 보기에는 그저 햄버그 가게일지라도 주주를 둘러싼 우주는 사실 엄청나게 광활하고 농후하다. 현재인데 모든 과거를 내포하고 있는, 우주의 별들처럼, 생명이 넘치는 태고의 바다처럼.

사실은 모두가 그런데, 다들 알아 버리면 사회가 성립하지 않으니 곤란하다 여기는 무언가가 꼭꼭 숨겨서, 좀처럼 알아차리지 못한다. 그리고 예술가는, 햄버그 장인은, 과학자는, 아무튼 이 세상의 비밀을 파헤치고 싶어 하는 모든 개인은, 끊임없이 그것을 파헤치려 한다. 이 줄다리기가 그야말로 스릴있다.

오카와 씨가 녹음기와 스마트폰의 녹음 기능을 켜서 내 앞 테이블에 내려놓았다.

강렬한 불빛이 나를 비추고, 가게가 환하게 밝아진다.

"지금 이 가게는 삼 대째에 들어섰다는 느낌이 드는데요. 돌아가신 미쓰코 씨 어머니에 대해서 몇 가지 여쭐게요."

오카와 씨가 말했다.

"네."

나는 고개를 끄덕였다.

"저는 돌아가신 어머니의 왕팬이었어요. 전에는 모델이셨죠. 어머니에 대해서 따로 원고를 써야 하는데, 재미난 일화가 있으면 가르쳐 주세요."

오카와 씨가 말했다. 나는 대답했다.

"엄마가 조그만 소 인형을 사 와서 제단을 만들었어요. 매일 향을 피우고, 소에게 고맙다고 했죠. 아무도 엄마가 그랬다는 걸 모르지만, 저는 일리가 있는 일이라고 생각했어요. 그 이상도 이하도 아닌, 그 귀여운 행동이 제게는 엄마를 상징합니다. 엄마는 기분파에다 화려한 면도 있었지만, 늘 이 가게에 활기를 주는 사람이었어요. 만약 아빠 혼자서 했다면, 그냥 고집 센 아저씨가 하는 맛있는 햄버그 가게였겠지요."

"단골손님이 아주 많잖아요."

오카와 씨가 말했다.

"그들이 어디에서 뭘 하는지 몰라도, 우리 가게에 있는 동안은 거의 가족 같아요. 가능하면 힐금힐금 쳐다보지 않으려 하지만, 아, 오늘은 기운이 넘치네, 안색이 안 좋네, 무슨 좋지 않은 일이라도 있었나, 하고 다 알 수 있으니까요. 아빠는 그 사람의 모습을 보고 판단해요. 거기에 따라 고기를 어느 정도 굽고 간은 어느 정도로 할지, 미묘하게 달라지죠."

나는 말했다.

"그게 정말인가요?"

놀란 표정으로 오카와 씨가 물었다.

"그럼요, 정말이죠. 감이라고밖에 할 수 없겠고, 손님이 계속 오시는 걸 보면, 아마 맞겠지 하는 정도지만, 아빠는 손님을 줄곧 보고 있어요. 그렇게 보는 느낌이 단골에게 따뜻한 것이겠죠, 그래서 아빠도 늘 똑같은 일을 하면서 질리지 않는 것이라고 생각해요. 한 접시에 성의를 다하지 않으면 평생 후회한다, 그러나 남기는 손님이 있어도 신경 쓰지 마라. 그게 선대의 가르침이었어요."

나는 말했다.

"할아버지 대에는 레스토랑이었죠?"

"네. 저는 그 시절을 모르지만, 그랬다고 해요. 지금의 아빠가 많이 서툴러서, 메뉴를 줄이는 편이 좋겠다고 하셨답니다. 아빠가 엄마를 만날 무렵, 일본은 고도 성장기였죠. 그리고 미국 문화가 마치 꿈같은 것으로 유입되었잖아요. 지금은 모든 것이 달라졌지만, 당시에는 이 가게의 형태가 꿈의 세계였겠죠. 카우보이에 프린지, 통나무집. 엷은 커피와 머그컵. 컨트리&웨스턴에, 시원한 병맥주. 철판에서 주주 소리를 내며 지글거리는 고기 덩어리. 엄마와 아빠는 그런 시대를 꿈과 함께 살아 왔어요. 엄마는 외국에서 돌아와 모델로 일하고, 마치 꿈을 꾸듯 놀면서 지내는 인생을 보낼 수 있었죠. 하지만 사랑에 빠져서,

아빠와 가게를 꾸려 가는 인생을 선택했어요. 생각해 보면, 엄마의 인생은 언제나 예쁜 거품에 싸여 있는 것처럼 꿈만 같았다는 생각이 들 때가 있어요. 저는, 그 시대까지 짊어지고 있다고 느끼곤 해요. 할아버지는 지금의 아빠와 함께 생의 마지막 순간까지 가게에서 일을 했어요. 설날에 돌아가셨으니, 하루도 쉬지 못한 셈이죠. 그리고 엄마도 가게에서 쓰러져 돌아가셨습니다. 저도 그렇게 죽을 수 있다면 좋겠어요. 엄마처럼 언변이 좋거나 활달하지는 못하지만, 가게에 가면 언제나 웃는 엄마를 느낄 수 있는, 그게 전부인 인생이라도 전혀 상관없어요."

나는 말했다.

"지금 삼 대째 셰프가 주방을 지휘하고 있는데, 혹시 무슨 변화가 있나요? 또 앞으로 가게 분위기가 변할까요?"

오카와 씨가 물었다.

"삼 대째의 좋은 점은, 정확하고 엄밀한 거예요. 고기를 굽기에는 아직 실력이 부족할 텐데, 워낙 아빠가 일하는 모습을 정확하게 보고 있어서, 실수하는 일이 없어요. 그리고 너무 알뜰해서 뭐가 되었든 끝까지 사용하려고 해요. 눈앞에 있는 것에 휘둘려 가게를 개조하거나 갑자기 메뉴를 바꾸는 일은 절대 없을 거예요. 아빠나 저나, 신이치 씨의 그런 면을 신뢰하고 있습니다."

나는 대답했다.

"감사합니다."

오카와 씨가 그렇게 말하면서 녹음기를 껐을 때, 나는 조금 울먹일 뻔했다.

미야사카 씨가 싱긋 웃으며 손뼉을 짝짝 쳐줬기 때문이다.

여기에 오지 않으면 마치 만날 방법이 없는 것처럼, 신이치의 부모는 신이치를 볼 목적으로 가게에 찾아온다. 집에 가면 그 이상한 유코 씨가 있으니, 그들도 어색할 것이라고 생각한다.

그런 의미에서는 오히려 유코 씨가 신이치를 지켜 주고 있는지도 모른다.

그날 밤에는 신이치의 어머니가 찾아왔다.

아버지는 석 달에 한 번 정도 용돈이 필요하면 나타나지만, 어머니는 일 년 만이었다.

신이치의 어머니는 좋건 나쁘건 느긋한 성격이라, 아

들을 떼어 놓을 때도 "거기 있으면 언제든 만날 수 있는데 뭐."라고 아무렇지 않게 말했던 것 같다. 그런 성격이랄까 무정한 포맷이 표면적으로 유코 씨를 닮아서 무엇보다 애처롭다.

"기름을 사용하는 가게치고는 그래도 늘 깨끗하네."

신이치의 어머니는 여전한 말투로 그렇게 말했다.

나는 신이치의 어머니를 그런대로 좋아했다. 사는 방식에 묘하게 일관된 색감이 있기 때문이다. 눈꼬리가 올라간 눈에, 예쁜 옷을 차려 입고, 오동통하게 살이 쪘다. 의사 주변에서 일하는 사람 특유의 청결감도 있다.

"뭐 좀 드실래요?"

내가 물었다.

"미쓰코가 점점 엄마를 닮아가네. 그 날씬한 다리, 아주 딱 닮았어."

신이치의 어머니가 말했다. 자식을 방치한 죄의식은 언제나 없다.

"그럼, 햄버그 먹을까?"

"네. 바로 신이치 오빠 오라고 할게요."

나는 말했다.

그 말을 들은 신이치는 바쁘다는 식으로 말없이 고개를 저었다. 그가 햄버그를 굽는 동안, 어머니는 다른 손님을 힐금거리며 기다렸다. 그 당당한 압박감에 과연 신이치의 어머니라는 생각이 절로 든다. 있어서는 안 될 더러운 곳에 있는 사람처럼 의자나 테이블에 손 하나 대지 않고, 코트도 그냥 입은 채였다. 흥미로워서, 하고 싶은 대로 마음껏 하시죠 하는 생각마저 든다.

햄버그를 들고 가자, 신이치의 어머니는 순식간에 날름 먹어치웠다. 아주 멋지게 싹 해치웠다고 하고 싶을 만큼 재빨랐다. 우걱우걱 먹는 게 아니라, 나이프와 포크를 우아하게 움직이면서, 휘리릭 먹었다. 나는 그 모습을 황홀하게 쳐다보고 있었다.

"옛날부터 빨리 먹는다는 소리 많이 들었어."

신이치의 어머니가 말했다. 배를 출렁거리면서.

"정말 멋지게 드시네요."

내가 말했다. 신이치의 어머니는 하하하 웃고는,

"재미있는 말을 하네, 미쓰코가."

하면서 내 어깨를 톡톡 쳤다.

신이치가 주방에서 나오자, 어머니는,

"어머나, 너 몸이 좀 좋아진 것 같다. 서서 하는 일이라 그런가?"

하고 말했다.

"그렇죠, 매일 열심히 일하고 있으니까."

신이치는 담담하게 대꾸했다.

신이치는 성가신 것도 싫어하는 것도 아니라는 기분을 자연스럽게 표현했다. 이 또한 존경할 만한 태도였다.

"엄마는 잘 지내요?"

"당뇨가 좀 있기는 하지만, 그래도 네가 만들어 주는 햄버그는 먹어야지."

신이치의 어머니가 웃었다. 웃는 얼굴이 소녀 같았다.

얄밉다, 하지만 싫지는 않다. 신이치는 줄곧 그렇게 말해 왔고, 앞으로도 그럴 것이다.

자식은 내 것이 아니다, 세상 어딘가에서 크고 있고, 가끔 만날 수 있으면 그것으로 족하다, 좀 일찍 부모를 떠났을 뿐 아니니. 신이치의 어머니는 전에 그렇게 말했다. 실제로도 그렇게 생각하는 것이리라. 신이치를 한시도 떼놓지 않고, 어디를 가든 걱정스러워 조마조마해했던 우리 엄마와는 정반대 사고다.

"50그램 정도 고기를 더 넣어서 구웠어."

신이치가 히죽 웃었다.

"내가 수명을 줄인 건가."

"네가 줄인 건 전혀 상관없어."

신이치의 어머니가 싱긋 웃었다.

도저히 어쩔 수가 없네, 하고 늘 똑같은 감상을 품었다. 뭐가 어째서 어떻다는 게 아니라, 그냥 어쩔 수 없다.

"정말 다른 세계로 가 버렸네."

그녀가 절절하게 말했다.

사춘기 시절의 신이치였다면, 당신이 버리고 갔잖아, 하고 말했을지도 모른다.

신이치는 고기를 굽는 사람이 아니라, 등산이 취미인 치과 의사가 되었을지도 모른다. 그는 손재주가 있으니까, 그럴 가능성이 없지 않다.

하지만 지금 신이치는 여기 있고, 부드러운 근육이 붙은 어깨로 고기를 반죽하고 있다. 부인이 있고, 우리가 있고, 가게가 있고, 책임감을 갖고 여기에 확고하게 있다. 그때만큼 그렇게 생각되었던 적이 없었다. 등이 그 전부를 말하고 있었다. 여기가 내가 자란 집이니까, 일하는 곳이니까 하고.

"재미있어요. 이 인생에 감사하고 있습니다."

신이치가 말했다.

"그 눈빛, 빈정거리는 거 아니지?"

신이치의 어머니는 조금 서운한 듯이 미소 지으며 말
했다.

"응, 아니네. 일하는 사람의 눈빛이야."

아빠도 주방에서 나왔다. 아빠와 신이치의 어머니는
최근 경기와 건강과 신이치의 상황에 대해서 한참을 얘기
했다.

이 또한 지금까지 반복되어 왔던 일이지만, 전에는 이
풍경 속에 반드시 엄마가 있었다. 엄마도 아무 거리낌 없
이 고개를 끄덕이고, 웃곤 했다. 한 사람이 빠진 풍경 속
에서, 둘은 몹시 나이 들어 보였다. 알맹이는 달라지지 않
았는데 겉껍질만 조금 낡은 것처럼. 신이치는 늘 그렇듯
말없이 주방으로 돌아가 뒷정리를 시작했다. 그 움직임
전체가 엷은 슬픔과 연민을 풍기고 있었다.

계산대 앞에서 신이치의 어머니가 '기부금'이라면서
만 엔을 내밀었다. 아니에요, 하고 물렀지만 끝까지 받지

않고는 얼른 가게에서 나갔다. 돌아보지 않은 채 밤길을 춤추듯 걸어가던 뒷모습이, 재빨리 택시를 잡아타고 휑하니 멀리로 사라졌다. 마음속으로 손을 흔들었다.

거기에는 각자의 인생이 있고, 딱히 서로를 싫어한 것은 아닌데 헤어지는 수밖에 없어 헤어지고 만 길이 있었다.

"어차피 오는 거, 한꺼번에 오면 좋을 텐데."

신이치가 말했다.

"어머니랑 아버지가?"

나는 깜짝 놀라서 말했다.

뒷정리를 하고 테이블을 닦으면서 얘기하다 말고,

"화해했으면 좋겠다는 뜻이야?"

내가 물었다. 그렇게까지 모가 깎였나 싶어서.

그러나 신이치는 고개를 저으며 말했다.

"그럴 리가 없잖아. 따로따로 오니까, 뭐랄까, 피곤해서. 일일이."

"그런 심정이라면, 다소는 이해가 가네."

나는 말했다.

살아 있는 한, 그 사람들은 반드시 번갈아 올 것이라

생각하면 순순히 기뻐할 수 없다. 신이치도 참 안 되었다 싶었다. 부모를 완전히 버릴 수 있다면 오히려 편할 텐데, 그는 그럴 수 있는 사람이 아니다.

집에는 찾아오지 않았으면 한다, 유코가 싫어하니까. 신이치는 부모에게 그렇게 말한 듯하고, 사실 유코 씨는 이상한 사람이라 그들이 가게로 올 수밖에 없다. 음식을 먹는 대조적인 태도와 밥값을 치르는(한쪽은 내지 않지만) 방식을 매번 똑같이 보여 주고는 퇴장한다. 흔히 보는 개 그 프로그램처럼. 자신들이 희극을 연기하고 있다는 것을, 무언가를 돌이킬 기회를 매번 잃어버리고 있다는 것을 그들은 깨닫지 못한다.

물론 나 역시 똑같은 궤도 위에서 어정거리고 있을 것이다.

그래서 더욱이 그들을 보면, 신이치를 대하는 태도하며, 과장된 자신을 보는 것 같아 슬프다.

"부모인데, 왜 마음이 이렇게 움직이지 않는지 모르겠어."

신이치가 말했다.

"오빠에게 현명하면서도 무서운 뭔가가 있는 거겠지."

내가 말했다.

"그런 건 모두가 갖고 있잖아."

신이치가 말했다.

"그건 그렇지만."

내가 말했다.

"그게, 아무것도 안 하고 쉴 때는, 그렇다는 것에 전혀 죄책감을 느끼지 못하는 자신이 한심했는데."

신이치가 말했다.

그것이 기품이며 잔혹함이다. 그가 그의 부모에게 물려받은 것. 우리 부모가 그에게서 털어 내려 애썼던 것.

신이치가 말을 계속했다.

"너에게 상대가 생겨서 안심하고 말하는데, 나도 앞으로 부모가 될 거잖아. 하지만 절대 저런 부모는 되지 않을 거야."

"우쭐거리기는."

나는 웃었다. 어째서인지, 아, 지금 내 웃는 얼굴 엄마를 닮았네, 하고 생각하면서. 엄마가 같이 웃고 있는 기분이었다.

"나는 그렇게 욕심쟁이 아니야. 그 사람, 멍청하지만

주주

좋은 사람이고."

신이치가 말했다.

"그 사람은 멍청하지 않아."

내가 말했다.

"그럼 다행이고."

신이치가 말했다.

"오빠는 그런 식으로 늘 자기만 특별히 머리가 좋다고 생각하는 거지. 무슨 일이든 어떻게든 할 수 있다고. 그래서 아무도 자기를 이해하지 못한다고. 그렇게 생각하는 구석이 있어."

내가 말했다. 신이치는 잠시 생각하고서, 천천히 대답했다.

"아니. 아까도 말했지만, 회사 그만두고 여기서 지낼 때는 조금은 그렇게 생각했을지도 몰라. 죄책감이 전혀 없었으니까. 매일 아침에 일어나서, 커피를 맛있게 끓여서 창밖을 보면서 마시고. 밤에는 주주에서 남은 음식을 먹고. 계획하고 준비해서 혼자거나 여러 명이 같이 등산을 가곤 했지. 몇 번이나 등골이 오싹해지는 실수를 해서 사고가 날 뻔했어. 그러고 나서야 내 책임하에 간 장소에서 자기 실수로 죽는 게 이런 거구나, 하고 뼈저리게 느꼈지."

"그런 거야 완전 좋은 얘기 아닌가. 반성을 한 게 아니 잖아."

나는 말했다.

"내가 말을 잘 못해서 그래. 그런 건. 하지만 처음 생각했어. 성격에 맞지 않는 일을 해서 회사에 미안하다고. 회사 잘못이라고 생각하면 안 된다고."

신이치가 말했다.

"아아, 그런 뜻이었구나. 그렇다면, 알겠어."

내가 말했다.

"그리고 유코가 등장했지. 나는 머리를 통 얻어맞은 것처럼 푹 빠져서, 이제 다른 건 다 상관없다고 생각했어. 산, 가게…… 가게에는 물론 아저씨와 아주머니와 너도 포함되어 있어, 그리고 유코. 앞으로 그 세 가지만 가지고 인생을 살기 위해 뭐든 하자고 생각하고, 그렇게 하고 있어. 친구도, 세상일도 관심 없고, 돈도 출세도 필요 없어. 그리고 멋진 취미나 친구도 애인도 필요 없고, 이미 그러고 있으니까, 고민도 없어. 다 없어졌어. 다만, 그 사람들이 불쑥불쑥 나타나니까, 심장에 좋지 않은 정도. 그 사람들은 내 부모이지만, 내 인생은 아니야. 그렇게 생각하려고 해."

신이치가 말했다.

"그러네, 정말 이미 그러고 있네."

"옛날에는 우리 부모처럼 되고 싶지 않아서 최대한 멀리 가자고, 그 생각만 했어. 그 사람들, 주객이 전도되었잖아. 일관성도 없고, 그때그때 자기를 가장 중요시할 뿐. 산이나 유코나 주주는 다 똑같이 거대하고, 끝에는 스스로 결정해야 하지만, 나를 무조건 거기 있게 해 줘. 받아들여 주고.

아무것도 안 하고 지내던 어느 날, 여기서 밥을 먹으며 만화를 읽다가, 갑자기 깨달았어. 뒤늦었지만.

나는 건들건들 지내고, 돈도 보태지 않는데. 그런데도 이 사람들은 아무 말 않는다. 훈계도 하지 않고. 맡아서 키워 주었으니 뒤를 이어 가게를 운영하라는 말도 하지 않고. 가게를 물려주기 위해 너를 맡아 키웠다는 말도, 물론 절대 하지 않았어. 다만 기다리고 있을 뿐. 그건 내가 가족에게 받지 못한, 신뢰라는 것이었어.

햄버그를 굽는 아저씨 모습을 가만히 보고 있었어. 아

주머니는 하얗고 깨끗한 손으로, 그걸 손님에게 가져다주었지. 철판이 무거워서, 아주머니도 늘 무릎과 허리가 아프다고 했어. 그 햄버그 하나하나가 쌓이고 쌓여서 내가 대학에 갈 수 있었지. 그런 것들을 리얼하게 이해했어. 그리고 무엇보다 그렇게 생활하고 싶다고 생각했어. 여기다 뼈를 묻자고, 미쓰코와 결혼하자고."

신이치가 말했다.

"어디로 보나, 하지 않았잖아."

너무 좋은 얘기라 눈물을 글썽이면서 듣고 있었지만, 내 이름이 나와서 눈물은 쏙 들어갔다.

"하지만 그때, 너는 이미 돌이킬 수 없을 정도로 멀리 가버렸어. 우리는 아저씨와 아주머니처럼 될 수 없다고 생각했어. 생각이 지나쳤던 거지. 한번 생각이 지나치면, 남녀의 밸런스는 돌아오지 않아. 각자 이미 다른 세계로 갔던 거야. 그렇다면 나 혼자서라도 해 보자고 생각했어. 그래서 요리 학교에 다니기 시작했고, 그 얼마 후에 유코를 만난 거야."

신이치가 말했다.

"나는 가게에서 태어나서 몸도 절반은 가게가 되어 버

린 안드로이드 같은 사람이니까, 가게랑 거의 세트야."

내가 말했다.

"그래서 가게를 같이 하는 파트너로 관계가 바뀐 거라
고 생각했어."

신이치가 말했다.

"그렇게 말로 들으니까, 안심이 되네."

"여자는, 정말 그런가 봐. 말이란 거, 가장 믿을 게 못
되는데."

신이치가 웃었다.

나도 웃었다.

"나, 참 치사하지. 만약 유코 씨가 건강해서 밖으로 나
갈 수 있으면, 둘이서 가게를 꾸려 가면 되니까 나는 필
요 없어진다. 유코 씨가 이상한 사람이라서 다행이라고,
진짜 그렇게 생각했어."

말하면서 또 눈물을 글썽이는 자신에게 깜짝 놀랐다.

신이치는 나를 빤히 쳐다보고, 그리고 말했다.

"그렇지 않아. 이 가게는, 어디까지나 네 거야. 나는 너
를 거들고 있을 뿐이지."

나는 눈물을 닦고, 고개를 끄덕였다.

"같이 대학에 갈 수 있었으면 좋았는데, 이렇게."

나는 말했다.

점심으로 어묵을 먹으러 갔다가 돌아오는 길에 근처에 있는 국립대학 캠퍼스를 산책했다.

나를 보는 미야사카 씨의 눈은 신이치가 페로나 유코 씨를 볼 때와 똑같이 한 점의 얼룩도 없었다.

언제 손을 잡을까, 어떻게 하면 입을 맞출 수 있을까, 그런 생각이나 하는 애송이 같은 구석은 없고, 오직 나를 귀엽다 여기는 느낌만 절절하게 전해졌다.

밖에서 만나는 그는 안 그래도 짙게 생긴 데다 자세가 좋아서, 금방이라도 말에 올라탈 듯했다. 진짜 왕자님 같았다.

"왜 대학에 가지 않았지?"

미야사카 씨가 물었다.

"신이치 오빠가 대학에 갔으니까, 나는 일찌감치 가게 일을 돕는 편이 좋겠다는 생각이었어요. 그때는 우리 집이 경제적으로 빠듯했거든요. 그래도 공부는 했어요. 책도 의식적으로 많이 읽었고."

나는 말했다.

"그리고, 내가 공부하는 것보다 신이치 오빠가 공부를 했으면 했고. 그때 나는, 신이치 오빠는 우리 부모 자식도 아닌데 왜, 하는 생각이 없었고, 부모님도 전혀 그렇게 생각지 않았어요. 아빠는 '너 혹시 대학에 가고 싶은 거 아니냐? 그렇다면 의논을 해 보자.'고 말해 줬지만, 그래서 내게 더 신경을 써 준 건 아니고, 신이치 오빠를 정말 가족으로 여기고 있었어요."

"응, 그건 충분히 알겠어."

미야사카 씨가 말했다.

미야사카 씨가 입고 있는 스웨이드 재킷이 햇볕을 받아 예쁘게 빛났다.

"그 재킷, 소 같아서, 멋지네요."

내가 말했다.

"소?"

미야사카 씨가 놀란 표정을 지었다.

"육우."

나는 웃었다.

미야사카 씨는 눈을 찡그리더니, 깔깔 웃어댔다.

남자의 어깨, 남자의 힘. 전 부인은 왜 이 사람 안에서 남자를 이끌어 내지 못했을까. 잠들어 있는 이렇게 큰 광맥. 나는 먼 산을 보듯 그를 바라보았다.

서로 좋아한다는 말은 한 번도 하지 않았고, 서로에게 연인이 있는지 확인한 적도 없다. 하지만 전해진다. 우리 둘이 뭔가를 애지중지 따뜻하게 품고 있다는 것은.

그것은 바로 가까이에 살이 닿아 있어서 그만 폭주해 버렸던 나와 신이치가 품지 못한 것이었다. 탐닉하고, 소모하고, 사라져 버렸다. 사실은 이렇게 따스하게 품었어야 하는 것이었다.

"다음에 차 몰고 센본마쓰 목장에 가볼까?"

미야사카 씨가 말했다.

"소 보러."

"좋아요."

나는 말했다.

"지금, 가게의 경트럭밖에 없지만."

미야사카 씨가 말했다.

"좋아요. 그런데 거기, 우유밖에 없을 것 같은데. 육우가 있나."

내가 말했다.

주주

"경트럭 타고 가면, 소를 실어서 올 수도 있고."

미야사카 씨가 웃었다.

"언젠가 외국 목장에 같이 놀러 갈 수 있으면 좋겠군. 초원의 색을 보는 걸 좋아하거든."

나는 빛나는 그의 재킷을 만져 보고 싶어서, 살며시 손을 내밀었다. 팔짱을 낀 게 아니라, 살며시. 이 근육은 매일 종이 상자에서 책을 꺼내느라 생긴 것. 스포츠 센터에서 단련해 붙인 것이 아니라, 생활 속에서 붙은 부드럽고 단단한 근육. 아르바이트생에게 맡기지 않고, 하나하나 상자를 열어 책을 서가에 정리하고, 순서를 바꿔 꽂고, 먼지를 털고. 밤에 나가 놀지도 않고, 사치를 부리지도 않고. 유일한 사치가 책을 사는 것이라는, 진짜 책벌레.

"전자 서적을 빌려 볼 수 있는 코너를 만들까 해. 기대가 커."

미야사카 씨가 말했다.

"이왕 이렇게 된 거, 최대한 전문 서점으로 만들고 싶어. 안쪽 코너만이라도. 외부에서 책을 볼 줄 아는 사람들이 찾아오는."

"좋네요. 그럼, 자기 노트북 가져오지 않아도 되는 거죠?"

"응, 가격을 일률적으로 백 엔으로 하든지, 아무튼 싸게. 다들 결국은 사게 되니까, 사용 기간은 짧겠지만, 그러면 할머니가 손자를 데리고 올 수 있지 않을까. 아이패드 만져 보러."

"돌아오길 잘 했네요."

나는 말했다.

"응. 정말 잘 돌아왔지. 내가 거기서 대체 뭘 했나 싶을 정도야. 이제는 책을 좋아한다는 걸 아니까."

미야사카 씨가 말했다.

"사진이 아니라."

내가 말했다.

"사진관 아저씨가 적성에 맞는 줄 알았는데."

그가 말했다.

"지금은 여기 찾아오는 사람들을 바라보면 그냥 웃음이 나올 정도로 책에 둘러싸여 있는 게 좋아. 박물관처럼 멋지게 인테리어를 다시 하고 싶어. 책에 관련된 상품도 들이고 싶고. 주주에 지지 않을 만큼 이 동네의 오아시스가 되고 싶어. 주주 전단지, 언제든 비치할게."

"아사쿠라 세카이이치 씨에게 찾아가서, 일러스트를 사용할 수 있게 해 달라고 직접 담판을 해 볼까나. 엄마 영정까지 안고서."

내가 말했다.

"그러면 거절하기 어려울 텐데, 좀 심한 거 아니야?"

그가 웃었다.

"신이치 오빠도 회사에 들어가고 나서야 성격에 맞지 않는다는 걸 처음 안 것 같은데, 그래도 경험으로 아는 건 강하죠, 역시. 한 번은 맞지 않는 일을 해 봐야 알게 되는 것 같아요."

내가 말했다.

"미쓰코는?"

그가 물었다.

"네?"

"성격에 맞지 않는 일, 해 본 적 있어?"

그가 물었다.

나는 진지하게 생각해 보았다.

"없는 것 같아요. 굳이 말하자면, 손님을 엄마만큼 자연스럽게 대하지 못하는 정도."

나는 말했다.

"그래서 좋은 거야. 미쓰코를 보기만 해도 행복해지는 사람이 많아."

그가 말했다.

"무슨 소리, 우리 엄마는 모델이었어요. 절대 못 당하죠. 젊은 시절의 엄마는 정말 일도 척척 잘하고, 좀 변덕스럽기는 했지만 그래서 분위기가 더 화려했고, 가게가 엄마의 무대 같았어요. 그런 엄마를 나는 아마 평생 못 이길 거예요. 나는 소탈하고."

나는 말했다.

"정말 그렇게 생각하나 보군."

미야사카 씨는, 나를 쳐다보면서 더없이 부드러운 눈빛으로 그렇게 말했다.

나는 쑥스러워하다 그만 발끝이 돌부리에 걸려, 그의 손에 매달렸다. 그는 유도에서 방어 자세를 취하듯 매끄럽게, 은행나무 낙엽 위로 몸을 굴렸다. 우리는 오솔길에서 벗어난 잡목림 속으로 쓰러졌다.

"왜 쓰러지는데?"

내가 물었다.

"잠깐만 이대로."

미야사카 씨 심장이 쿵쿵 뛰는 소리가 들렸다.

어느 틈에 그의 얼굴이 바로 코앞에 있고, 볼이 닿았다. 그의 입술과 나의 입술은 마치 자석처럼 서로를 끌어당기고, 마주쳤다. 눈을 감고 있어도 정말 거기에 있는 건지, 이 사람이 이 세상에 정말 있는지를 확인하듯이. 그마르고 딱딱한 입술의 감촉은, 누가 뭐라고 하든 네가 아니면 안 된다고 말하고 있었다.

이제 벗어날 수 없겠네, 그런 기분이 들었다. 앞으로 나아갈 길을 지금 만들고 말았다. 이 사람의 못마땅한 부분도, 훨씬 더 좋아질 수 있는 부분도 많이 보게 되리라. 앞으로는 같은 동네 안에서, 서로의 가게를 매일 오가며 함께 걷고 시간을 새기게 되리라.

"시간."

나는 말했다.

"시간을 들여서."

그는 묵묵히 고개를 끄덕였다. 우리는 엉덩이가 차가워질 때까지 한동안, 낙엽에 파묻힌 것처럼 붙어 있었다. 그냥 이대로 숲의 일부가 되고 싶었다. 인간이라는 것을 잊고, 따스한 덩어리 하나로.

몸이 아니라, 존재 자체를 아프리만큼 원하고 있다는 것을 느꼈다.

이 눈을 알고 있다. 남자가 취한 것처럼 먼 곳을 멍하니 바라보는, 약해진 느낌의 눈.

유코 씨를 만난 후의 신이치 눈과 똑같다. 나는 지금 나이며, 내가 아니다. 나 이상의 것으로 나 자신의 세계를 지배하고 있다.

그의 그런 착각을 살며시 들어 올려, 부서지지 않게 옮기고 싶었다.

오래도록 함께하게 될 테니까.

그날 밤 가게 문을 닫기 직전에 햄버그를 먹으러 온 미야사카 씨와 오카와 씨밖에 없어서, 나와 아빠는 마치 가족끼리 있는 것처럼 가루이자와 여행 계획을 얘기했다. 갈 수 있다면 언제 갈 것인지, 예약이 금방 차 버리기 때문에 하려면 빨리 해야 할 것 같다느니. 신이치 씨는 유코 씨도 같이 갈 수 있는 시기가 좋지 않겠냐느니. 그런 얘기를 나눴다. 그랬더니 미야사카 씨가 불쑥 말했다.

"까맣게 잊고 있었는데, 작년에 제가 아내와 가족에게 말하지 않은 채 그 여관을 일단 잡아 놓자 해서 방 두 개를 예약했다가 아직 취소하지 않았는데, 아무리 생각해 봐도 올해는 갈 수 없을 것 같으니, 다 같이 가시죠. 저 대신."

우리는 모두 그를 돌아보았다.

"와, 그렇게 큰 목소리가 나오기도 하는군요."

신이치가 엉뚱한 말을 해서, 오카와 씨가 웃음을 터뜨렸다.

"인생이 이렇게 달라질 줄은 몰랐습니다. 평소에 하던 대로, 늘 가던 날짜에 예약을 해 놓고 이쪽으로 왔는데."

미야사카 씨는 놀란 표정을 하고는 착잡하게 그런 말을 했다.

전 부인과, 어머니와, 너도밤나무와 모밀잣밤나무 숲에 있는 미야사카 씨의 모습을 생각했다.

늘 가는 여행, 늘 함께하는 안심할 수 있는 멤버.

그래, 알 것 같네, 그렇지, 하고 나는 고개를 끄덕였다.

그런 일이 가장 놀랍고, 또 가장 당연하다고.

"방 두 개에 몇 명이 묵을 수 있는데요?"

내가 물었다.

"네 명이지 않을까."

미야사카 씨가 대답했다.

"미야사카 씨는 안 가도 돼요?"

내가 말했다.

"나는 사양하겠습니다."

미야사카 씨가 말했다.

"같이 가지 그러나, 물론 돈은 내지 않아도 돼."

아빠가 말했다.

"내면 두 번 다시 우리 가게 문턱을 넘지 못하게 할 거 야."

"얘기가 좀 이상하게 돌아가네. 내가 문제 아닌가?"

내가 말했다.

"그럼, 너는 신이치와 유코와 한 방을 써라. 아빠가 미 야사카 씨와 한 방을 쓸 테니."

아빠가 말했다.

"그건, 있을 수 없는 일이지!"

내가 말했다.

"아닙니다. 이번에는 정말 안 갑니다."

미야사카 씨가 웃으면서 말했다.

"아직 어머니 추억이 너무 많아서."

"그런 때야말로 가야 하는 거 아니겠나."

아빠가 말했다.

"새로운 추억을 만들어야지."

그때, 미야사카 씨의 얼굴이 환해졌다. 우리 가게에서 그렇게 밝은 표정을 지어 준 것에 나는 기쁨을 느꼈다.

"그럼 저는 내년에 가겠습니다. 다 같이 가죠. 그리고 내년에는 당당하게 미쓰코 씨와 한 방을 쓰겠습니다. 그 방의 숙박비는 제가 내겠습니다."

미야사카 씨가 말했다.

고이고이 자라서도, 돈에 쪼들려 본 적이 없어서도 아니다.

만약 신이치의 아버지도 이렇게 생각했더라면 세상이 달라졌을 텐데. 그렇게 생각하는 동시에, 세상은 언제든 변할 수 있다는 희망을 버리지 말자고 생각했다.

"자네, 그거 무슨 말이지? 결혼하겠다는 건가?"

아빠가 물었다.

"결혼을 전제로 한 교제입니다."

미야사카 씨가 대답했다.

나는 그 자리에서 도망치고 싶었다.

도망치고 싶었지만, 역시 기뻤다. 마음속에 사소한 불쾌함이 맴돈다. 이것은 인류 전체가 부려 온 연기다. 그리고 역할이다. 거기에 따를 수밖에 없는 유전자를 지니고 있는 것이다. 앞으로 이 사람에게 진력이 나기도 하고, 아이를 낳고, 키우고, 가게에 나가 일하고. 정말 시시하고 따분하다.

그래도 그보다 더한 기쁨이 있었다. 내가 내 인생의 파도를 제대로 타고 있는 감각이었다.

그런 모든 게 뒤섞여, 나는 벌겋게 물든 얼굴을 숙일 수밖에 없었다.

"우리 가게는 미쓰코가 없으면 안 돌아가는데."

아빠는 말은 그렇게 했지만, 기쁜 기색이었다.

"서점은 저와 아버지가 충분히 꾸릴 수 있습니다. 그리고 여기가 없어지면 저도 곤란하니까."

미야사카 씨가 말했다.

"혹시 언젠가 낮에만 조금 거들어 달라고 할 가능성도 없지 않지만, 미쓰코 씨의 건강을 가장 중요시하겠습니다."

참 안이하다니까.

그렇게 생각하면서도, 나는 겨우 웃을 수 있었다.

"내일부터라도 낮에는 그쪽에 가서 일을 거들지 그래."

아빠가 시원하게 마음을 바꿔 그렇게 말했다.

"아빠 멋대로 결정하지 말아요."

내가 말했다.

"아버지가 지금은 건강하니까 별 문제없습니다. 하지만 정식으로 교제 중이라고 말하고, 미쓰코 씨를 소개하겠습니다."

"교제를 하고 있다니, 나도 아직 몰랐네."

내가 그렇게 말하자, 오카와 씨가 또 풋 웃음을 터뜨렸다.

엄마가 여기 없는데, 우리는 새 아기와 가족을 만들고, 매일 엇비슷한 홈드라마를 연기하고, 반복한다. 같지만, 나는 따분하지 않으리라.

미야사카 씨가 어떻게 변해 갈지도 궁금하고, 앞으로의 일이지만 이번에야말로 내가 그 산부인과에서 아이를 낳을지 말지 하는 것도 큰 포인트다. 내년에 다 같이 가루이자와에 가면, 그는 암울해질 것인가 아니면 새로운 행복에 타오를 것인가. 예상할 수 있을 것 같으면서도 할 수 없는 재미를, 매일 관찰하자고 생각했다.

"나, 조금 더 프리로 있고 싶었는데."

미야사카 씨가 돌아갈 때, 내가 조그만 소리로 말했다.

다른 사람들이 얘기하는 소리와 음악 소리가 시끄러워, 내 목소리가 지워질 뻔했다.

"미안하군."

미야사카 씨가 말했다.

"어제까지 우리는 아무 관계도 아니었잖아요. 서로의 가게에 오가도 딱히 뭘 선언하는 일도 없었고. 그런데, 누구보다 서로를 소중히 여기고 있다는 걸, 주위 공간과 책들이 대신 말해 주는 듯한, 그런 느낌이 무척 행복했어요. 분명해지면, 오히려 망가질 것 같은 기분에."

내가 말했다.

남자에게 이런 투정을 부리기는 태어나고 처음이라 스스로도 놀랐다.

"최대한 조용조용, 살금살금 해 나가자고. 달팽이 같은 속도로. 그럼 인생도 길어질 테니까 더 오래 같이 있을 수 있지."

미야사카 씨가 말했다.

너무 따스해서, 나는 그저 방긋 웃었다. 휴대 전화의 이모티콘 만큼이나 조그만 웃음이었다.

미야사카 씨도 살짝 웃고는,

"그럼 또 내일."

하고 어둠 속으로 사라졌다.

그 구두도 소 냄새가 나는 재킷도 이제 모두 나와 관계가 있고, 같이 살게 될지도 모르는 일이네. 그렇게 생각했더니, 역시 기뻤다.

딱히 고귀하지도 않고, 큰돈이 움직이는 것도 아니고, 책과 잡지에 살짝 얹혔다가 사라져 가는 정도의, 전혀 이름 없는 사람들.

동네 한구석에서 소소하고 곰상스럽게 살아가는 생명들. 그러나 그것이 작은지 어떤지는 신도 모른다. 이 비밀의 광대함은 누구에게도 보이지 않고, 양보하지 않는다. 얼마나 큰지, 얼마나 굉장한지. 보여 주지 않고 살며시 안고 있는 것만이 할 수 있는 일이다. 우리는 사실은 서로를 시샘하고, 깎아내리고, 상대의 목숨을 파먹으며 살아가는 존재인지도 모른다. 하지만 그게 전부는 아니라는 것에 거는 사람들도, 아주 조금이지만 있다. 유코 씨의 갓난아기를 좋아서 방긋거리며 몇 시간이나 어르고 달랠 나, 어쩌면 바보인지도 모른다. 하지만 생명을 좋아한다. 그 밝은 쪽을 언제든 보고 있다. 인간은 그렇게 해서 여기까지 이어져 오지 않았나? 하고 나는 있는지 없는지 모를 신을 올려다보았다.

하지만 거기에는, 하늘을 올려다볼 때면 늘 그렇듯, 엄마의 웃는 얼굴이 떠 있을 뿐이었다.

결국 가루이자와에는 네 명이 갔다.

가을이 어언 끝나갈 무렵이었다.

아빠와 나와 입덧이 잦아든 유코 씨와 신이치다.

방에 들어가자마자, 나는 거실의 커다란 테이블 위에 엄마 사진을 놓았다. 사실 진짜 핏줄은 아니지만 손주도 같이 왔어, 즐겁지, 엄마. 그렇게 말을 건넸다.

지상의 사람이 조그맣게 말을 건네는 그 목소리는, 다이빙을 했을 때 위로 올라가는 반짝이는 조그만 물방울처럼, 모두 천국에 있는 사람들에게로 올라가는 것일까. 전 세계 온갖 곳에서 모두가 그렇게 보글보글 발신하는 예쁜 물거품이 보이는 듯한 기분이 들었다.

그리고 엄마가 하고 싶었던 것, 날다람쥐 투어에 모두 참가했다. 바스락바스락 낙엽을 밟으면서, 해 질 녘의 낙엽 진 숲을 걸어.

미야사카 씨는 이 숲을 전 부인과 함께 걸었겠지, 그렇게 생각하자 조금은 기분이 술렁거렸다.

아직 키스만 했을 뿐인데 이미 결혼을 약속했다는 사실이 신기해서 기분이 들떴지만, 그런 현실은 아직도 생생하게 남아 있었다. 그의 머릿속에서 가루이자와 따위 사라져 버리면 좋을 텐데. 이렇게 아름다운 장소에서 생활했던 추억이라니, 분하네. 그렇게 생각했다.

하지만 파타고니아[1]의 플리스가 영 안 어울리는 유코 씨가 숲 속을 걷고 있는 것이, 너무 안 어울리는 나머지 깜짝깜짝 놀라다 암울한 생각에서 벗어났다.

"내 옷, 그렇게 안 어울려?"

유코 씨가 말했다.

---

1 아웃도어 의류 브랜드.

"태어나서 처음 청바지를 샀는데, 배가 지금보다 커지면 못 입겠지."

"엄청 튀어요. 유코 씨가 숲속에 있으니까, 「서스페리아」² 같아. 무서운 영화라고만 여겨져. 금방이라도 초현실적인 현상이 나타나든지 살인 사건이 생길 것처럼."

나는 진지하게 말했다.

"이렇게 건강한 아웃도어 패션인데."

유코 씨가 미소 지었다.

"그래도 공기는 참 맑다. 폐 속으로 싸늘함과 낙엽 냄새가 들어와."

유코 씨는 한쪽 다리를 약간 끌고 있지만, 그 움직임이 무척이나 활동적이고 아름다웠다. 도시의 거리보다는 자연 속에 녹아 있는 편이 어울린다.

날다람쥐가 놀라지 않게, 가이드의 지시를 따라 망원경을 들고 낙엽 속에서 가만히 기다렸다. 엄마는 이 투어를 하고 싶었구나, 하고 나는 생각했다. 귀엽네, 엄마가 날다람쥐보다 귀여울 정도다.

---

2 1977년 제작된 이탈리아 공포 영화.

소형 카메라에 날다람쥐 가족이 보였다.

어미와 새끼 세 마리가 한데 몸을 옹그리고 콜콜 자고 있었다.

어떤 생물이든 들러붙어 있고 싶은 건 다 똑같다고 생각하면서 보고 있는데, 날다람쥐가 순서대로 둥지에서 나와 날개를 활짝 펼치고 어둠 속으로 날아갔다.

그 크기가 방석만 해서, 정말 놀랐다. 훨씬 더 작을 줄 알았는데, 하고 내가 말했더니, 너, 가이드 설명을 전혀 듣지 않았구나, 혹시 하늘다람쥐를 상상한 거 아냐? 하고 작은 소리로 신이치가 말했다. 비록 기슭이지만 산에 있어서인지 그는 생기발랄하다. 그는 지금까지 그 많은 산을 다니면서 어떤 생각을 날라다 놓고 왔을까.

그리고 여기에는 엄마가 없는데, 아빠가 엄마가 있을 때처럼 차분했다. 무언가를 해낸 듯한 기분이리라. 신이치와 유코 씨는 손을 꼭 잡고, 날다람쥐가 날아간 쪽을 보고 있었다. 가족을 만드는 거네, 날다람쥐처럼. 그렇게 생각했다. 밤에는 둥지에서 같이 자고.

아직 시간은 많이 걸리겠지만, 나도 이제는 없어진 가족…… 신이치와 만들려 했던 가족과, 엄마가 없는 지금의 우리 집과…… 더 멀게는 신이치가 철저하게 실망해서 멀어진 신이치의 가족까지 포함해서, 마음속에 애매모호한 것과 뒤죽박죽인 것을 모두 껴안은 채로 천천히 자기 가족을 만들어 가자고 생각했다.

흐름이 나아가는 속도를, 아무리 세상의 속도가 빨라도 거기에 휘둘리지 않고, 눈앞의 매일에 차분하게 참가해서, 조금씩, 그래, 그가 말한 대로, 달팽이처럼.

매일 같은 시간에 일어나 숲으로 날아가고, 모이를 먹고, 또 둥지로 날아와 콜콜 자는 날다람쥐처럼, 반복 속에서 다이내믹한 아름다움을 찾는다. 그러면서도 마음만은 죽은 엄마의 목소리까지 가까이에서 들을 수 있을 정도로 맑게 벼리고.

그리고 다음 주에는 또 주주 소리를 내며 지글거리는 철판을 누군가에게 갖다 주자.

물론 가끔은 먹어 주지 않는 사람도 있고, 이상한 사람도 있고, 신이치의 부모님도 온다. 그렇지만, 아무튼 계속하자.

언젠가 확실하게 찾아올, 몸이 움직이지 않는 날까지.

유코 씨는 욕조에 들어가는 게 처음이라(애당초 외출을 하지 않는 사람이니 같이 여행을 온다는 건 있을 수 없는 일이었다.) 다소 긴장했지만, 임부 혼자 온천에 들어가게 할 수는 없으니 같이 들어가 줄곧 지켜보아야 했다.

불빛이 어두운 명상 온천에 들어가자 유코 씨는 그야말로 유령처럼 보였다.

배에 아기를 품고 있는 유코 씨. 그 아기를 하루빨리 보고 싶은 나.

나도 참 머리가 나쁘네, 하고 생각할 때마다 마음속의 엄마가 씩 웃었다. 그렇지 않아, 하고 말한다. 그렇지, 그냥 기대가 돼서 그래. 갓난아기는 뭐든 다 새롭고, 손은 조그맣고, 울면 발그레해지고, 아무튼 귀엽잖아.

캄캄한 어둠 속에서 보얗고 하얀 알몸이 보여, 꿈을 꾸고 있는 것만 같았다. 빛을 받은 음모가 살랑살랑 어른거린다. 아직 나오지 않은 배는 새하얗고 말랑말랑해 보인다.

그리고, 아까 본 것은 꿈이 아니다.

명상 온천의 어둠으로 향하는 터널 속에서, 뒤따라가는 내게 당당히 보여 준 유코 씨의 등에는 세로로 길쭉하게 커다란 칼자국이 있었다.

"무사가, 등을 보이고 말았네."

처음에는 무슨 말인지 몰랐다.

"유코 씨, 대체 무슨 일이 있어서, 왜…… 그거, 수술 자국이야?"

알몸인 나는 평소보다 한층 조심스럽게 물었다.

"묻지 마."

유코 씨가 말했다.

나는 고개를 끄덕이고. 침묵했다.

무슨 일이 있었던 것일까, 무슨 일이…… 내 머릿속에서 줄곧 그런 소리가 시끄러울 정도로 메아리쳐, 눈물까지 났다.

"사실은, 어렸을 때, 한 번, 칼을 맞은 적이 있어, 휙. 거의 죽을 뻔했어."

유코 씨가 말했다.

"이렇게 어두운 데서, 그런 말 하지 마, 무섭잖아."

나는 말했다.

"그래서, 햄버그나 스테이크에 공감할 수 있어."

유코 씨가 말했다.

"한순간에 생명에서 고기가 되는 순간을, 나 자신이 체험했으니까."

진심으로 하는 말이라는 게, 전해지는 눈이었다.

나는, 아무 말도 하지 못했다. 시시콜콜, 캐물을 것 같아서.

그리고, 나 자신이 정말 부끄러웠다. 너무 무서워서, 이제는 고기를 다루지 않고, 엄마가 해 왔던 일도 싹 무시하고, 깨끗하게 다 잊어버리고, 땅을 팔라는 사람에게 돈을 받아서, 그걸 지참금으로 시집갈 수 있다면 얼마나 편할까, 하고 생각했기 때문이다.

아니, 살라미라면 처음부터 '모든 게 다 돈이면 되는데, 좋아하는 사람과 같이 있는데 돈까지 있으면 더 좋지.' 하고 말하리라. 그리고, 말은 그렇게 해도, 역시 스테이크를 계속해 나르리라. 친구들과.

생각하는 것은 자유고, 하지 않는 것도 자유네……하고 달아오른 머리로 멍하니 생각했다.

"이 커다란 가슴을 신이치도 만졌어."

유코 씨가 불쑥 말하면서 내 가슴을 만졌다.

"아니, 이렇지 않았으니까 안심해. 그때는 아직 어린애

였으니까."

나는 말했다.

"아, 아깝네."

유코 씨가 손을 떼고 생글거렸다. 생글거리는 소리가 들려올 듯한, 뒤끝이 없는 웃음이었다.

이렇게 친해진 사람, 지금까지 있었나 하고 나는 문득 생각했다.

더 없이 좋은 일이지만, 캄캄한 온천 속에서 칼에 맞은 흉터가 있는 유령 같은 여자가 가슴을 만지자, 나는 그런 생각을 하고 말았다.

"너무 오래 있으면 아기도 달아오르니까, 이제 그만 나가자."

"바깥 세상에 오랜만에 나왔는데, 조금 더 있을게."

"그럼, 같이 있을게."

내가 말했다.

"돌아가서도, 밖에 나갈 일 있으면 언제든 말해. 언제든 같이 나가 줄 수 있으니까. 무서운 일 생기면, 언제든 가게로 오고. 나는 저녁때부터 항상 가게에 있으니까."

유코 씨가 어둠 속에서, 생긋 미소 지었다.

방에 돌아갔더니 아빠는 이미 잠들어 있었다. 나는 책을 읽고 메일을 보내며 시간을 보내다가, 온천에 다시 한번 가려고 캄캄한 어둠 속으로 나갔다.

사방이 고요하고, 별만 반짝거렸다.

다리에 접어들자, 강물을 보고 있는 신이치가 보였다.

"유코 씨는?"

"잠들어서, 온천이나 할까 하고. 그래서 나왔는데 강이 예뻐서, 잠시 보고 있었어. 그런데 여기 너무 부옇고 어두워서, 마치 황천 같다."

신이치가 말했다.

그렇다, 너무 어두워서, 자신이 이미 죽은 게 아닐까 싶은 생각마저 들었다.

그랬더니 왜인지 신이치도, 신이치의 아기를 낳지 못한 것도, 모두 평등하다는 생각이 들었다.

시간의 흐름과 강물의 흐름이 분위기가 너무 비슷해서, 그런 생각이 들었다고 생각한다. 공기는 싸늘하고 맑았다.

"야마다 미네코의 『최종전쟁 시리즈』, 기억나?"

신이치가 물었다.

"그 만화에 빠져서, 절판본을 줄줄이 주문하느라 용돈을 다 쓰곤 했지."

나는 웃었다.

"그중에, 사람에게서 희망을 빼앗는…… 예쁜 여자 모습의 데바닷타였나? 그런 존재가 등장하는데. 그에게 홀린 도나에라는 여자 아이도 등장하고. 유코를 처음 보았을 때 그건가 했어. 불길하고, 어둠 쪽으로 나를 데리고 가는데 벗어날 수 없는 존재라고."

신이치가 말했다.

"응, 무슨 말인지 알 것 같아. 그 생긴 거 하며, 마성적인 매력하며."

나는 외우고 있던 한 문단을 말했다. 그 말들은 캄캄한 강물을 타고 살랑살랑 흘러갔다.

화창한 날 멀리 있는 산이 보인다는 투로
"죽어보고 싶네." 하고 그 사람은 말한다.
아주 황홀하게 말한다.

내가 동경하는 것은 생명이라

죽음을 동경해서는 안 된다고

그 사람을 설득할 수 없어.

기껏 내가 동경하는 것을 보여 주고 싶다고 생각했을
뿐이다.

"와, 옛날 생각나네!"

신이치가 말했다.

옛날에 스토브 앞에서, 한마디도 하지 않고 그 시리
즈를 단숨에 읽었던 젊은 날은 두 번 다시 돌아오지 않는
다. 그러나 그날들이 있었기에 지금의 둘은 착착 맞는 호
흡으로 가게를 이끌어 갈 수 있는 것이다.

신이치 오빠가 정말 원하는 것은, 언제나 진짜 엄마였
네, 하는 말을 삼켰다. 우리 엄마도 나도 유코 씨도 절대
될 수 없는, 두 번 다시 손에 넣을 수 없는 것.

그 아름다운 어머니가, 신이치를 소중하게 여기고, 신
이치를 데리러 와서, 잡은 손을 절대 놓지 않았다면 얼마
나 좋았을까.

인간이란 참 가엾다. 줄곧 이렇게 어리석은 실수에 얽

매여 본의 아니게 꿈을 꾸고 있다.

그리고 그 꿈은 어차피 전부 가축의 꿈.

언젠가 이 세상에서 떠날 때, 우리의 꿈은 스테이크나 햄버그처럼 무언가에 먹혀 사라진다.

하지만, 그래도 좋다. 맛있는 햄버그 속에는 누구도 만질 수 없는 기적의 공간이 있다.

인간이 소의 영혼을 모르듯, 인간의 힘을 먹는 것들은 절대 그 기적까지는 얻지 못한다. 존엄에 싸인 기적의 힘, 마지막 반짝임.

인간이 소의 고기를 먹어 얻으려는 힘을, 사실 먹는 것으로는 얻을 수 없는 것과 마찬가지로.

소 안에 있는 진정한 빛, 생명의 에센스는 죽은 고기에는 이미 없다. 그러나 그 힘의 희미한 냄새만이라도 얻고 싶으니, 인간은 고기를 먹는다.

나는 언젠가 먹지 않아도 되는 시대를 볼 때까지 살아 있을 것 같지 않으니, 가게에서 일할 때는 최소한 마음을 담는다. 조금이라도 행복하게 먹어 주기 위해서.

생명을 먹고 먹히고, 그 안에 숨겨진 절대적인 힘을 생각하면, 무언가를 알게 된다. 그렇다, 생명이란, 즉 먹고 먹히는 것이다.

"그런데 아니었어. 무례한 착각을 하고 있었던 거지."

신이치가 말해, 퍼뜩 정신을 차렸다.

"그녀도 인간이야. 투명하고, 예쁘고, 이상하지만, 살아 있어. 밤에 자꾸, 잠들었어? 잠들었어? 하고 물어서, 잠이 덜 깨 대답을 안 하고 있으면 자지 마 엄마, 하고 말해. 번번이. 그리고 울어. 어둠 속에서 홀짝홀짝 울어. 그녀의 과거에, 무슨 일이 있었는지, 얘기하고 싶어 하지 않아서, 나는 몰라. 그래도 인간이라고 생각하면, 견딜 수가 없어. 아무리 이상한 사람들이어도, 나는 유코와 아이를 지킬 거야."

"응. 그래야지."

나는 말했다.

"유코 씨 옆에 있는 꽃은 좀처럼 시들지 않아. 나는 알아. 유코 씨가 꽃병에 꽂아, 매일 말을 건네고, 키스하고, 물속에서 가지를 잘라 주고, 그러면 꽃이 오래 가는걸. 꽃과 유코 씨 사이에 생명의 힘이 아름답게 순환되고 있는 거지. 그 사람은 키우는 사람이야. 그러니까 아기도 잘 키울 거야."

나는 보이는 느낌이었다.

전생에서 코브라와 생명을 주고받았던 미얀마 사람 유코 씨가.

코브라를 사랑하고, 보살피고, 지금 죽어도 용서하겠다고 생각하면서 코브라에게 입맞춤하고 죽었던, 가여우면서도 귀여운 여자 아이가.

괜찮아, 물어도. 물려서 죽어도 너를 좋아해, 하고. 내게는 너밖에 없으니까, 하고.

다음 날 아침에도 날씨는 화창하게 개었다. 신이치와 유코 씨는 여관 주변에서 느긋하게 보내겠다고 해서, 아빠와 둘이 차를 빌려 아사마 산으로 드라이브를 가기로 했다.

아빠는 한결 기운차 보였다.

뭔가를 후련하게 털어 낸 모습이었다.

여관에서 나오면 바로 그 가게가 있다는 것은 알고 있었다. 스테이크와 햄버그 가게다. 손님이 꽤 많은지, 주차장이 꽉 차 있었다.

주주

아빠가 그 광경을 힐금 보고는, 좌회전을 하면서 슬쩍 말했다.

　　"오늘 저녁 먹기로 한, 그 비싸다는 정식집 예약, 취소할 수 있을까?"

　　"할 수 있지. 그런데 왜?"

　　내가 물었다.

　　"아까 그 카우보이 어쩌고 하는 가게에 가보고 싶어서. 어떤 맛일지 궁금해."

　　아빠가 말했다. 기운이 펄펄했던 때의 아빠처럼 힘차게.

　　그러자, 아빠. 여기까지 왔는데 우리는 꼭 봐야지.

　　아무렇지 않게 대답하면서 왠지 눈물이 찔끔 흘러, 빨갛고 노랗게 물든 아름다운 숲이 부옇게 번지며 뒤로 사라졌다.

저자 후기

옛날에 프린스[3]가 볼에 'SLAVE'라고 새겼을 때는 무슨 농담이든지 과도한 풍자일 것이라고 생각했는데, 최근에 제대로 알게 되었습니다. 그건 진심이었고, 사실이었다고, 우리의 자유는 온갖 의미에서 노예의 자유라고 말이죠.

카스타네다[4]도 그렇게 말했고, 또 많은 사람들이 그렇

---

3 '팝의 전설'로 불리는 미국의 뮤지션, 2016년 사망했다. 대형 음반사의 횡포에 항의하는 뜻으로 얼굴에 '노예'(Slave)라는 글자를 문신했다.
4 Carlos Castaneda(1725~1778). 페루 태생의 미국 인류학 박사.

다는 걸 알고 있습니다.

'그래서 혁명을' 하고 주장하려는 게 아니라, 저는 옛날이야기 같은 동화로 전환하면서 노예의 자유의 무한한 가능성을 그리고 싶었다고 생각합니다.

인간은 두 발로 대지를 딛고, 몸이라는 제한을 갖고 있으면서도 수명이 다할 때까지 한껏 사는 생물입니다. 그것은 매우 허망하고, 그러나 멋진 일이라고 생각합니다.

옛날에 내가 정말 피폐했을 때, 이 소설 속 사람들처럼 매일 『지옥의 살라미 쨩』을 읽고는 겨우 잠이 들었습니다.

그런 자유를, 마음의 비상을 지속적으로 그릴 수 있는 아사쿠라 세카이이치 씨에게 이 소설을 바칩니다. 감사와 함께.

취재에도 작품에도 함께해 준 모리 마사아키 씨, 니와 겐스케 씨. 언제나 책을 멋지게 디자인해 주시는 오쿠보 아키코 씨, 감사합니다.

호시노야 가루이자와 여관도 감사합니다.

바나나 사무소의 여러분도 늘 감사합니다.

주주

제가 살라미를 통해 쉴 수 있었던 것처럼, 이 작품에
등장하는 동네의 평범한 사람들이 독자 여러분의 마음을
치유할 수 있기를.

요시모토 바나나

옮긴이 **김난주**

1987년 쇼와 여자대학에서 일본 근대문학 석사 학위를 취득했고, 이후 오오쓰마 여자대학과 도쿄 대학에서 일본 근대문학을 연구했다. 현재 대표적인 일본 문학 전문 번역가로 활동하며 다수의 일본 문학 및 베스트셀러 작품을 번역했다. 옮긴 책으로 요시모토 바나나의 『키친』, 『하드보일드 하드럭』, 『하치의 마지막 연인』, 『암리타』, 『티티새』, 『막다른 골목의 추억』, 『서커스 나이트』, 무라카미 하루키의 『일각수의 꿈』, 『바람의 노래를 들어라』, 『포트레이트 인 재즈』, 『코끼리 공장의 해피엔드』, 『밸런타인데이의 무말랭이』, 『세일러복을 입은 연필』, 『해 뜨는 나라의 공장』, 『쿨하고 와일드한 백일몽』 등과 『겐지 이야기』, 『모래의 여자』, 『기린의 날개』, 『천공의 벌』 등이 있다.

주주

1판 1쇄 펴냄 2019년 5월 30일
1판 3쇄 펴냄 2022년 7월 20일

지은이   요시모토 바나나
옮긴이   김난주
발행인   박근섭·박상준
펴낸곳   (주)민음사

출판등록   1966. 5. 19. 제16-490호
주소   서울특별시 강남구 도산대로1길 62(신사동)
          강남출판문화센터 5층(우편번호 06027)
대표전화   02-515-2000 | 팩시밀리   02-515-2007
홈페이지   www.minumsa.com

ISBN 978-89-374-4129-5 (03830)

* 잘못 만들어진 책은 구입처에서 교환해 드립니다.